L'Arpenteur

Collection créée
par Gérard Bourgadier

dirigée
par Ludovic Escande

Vincent Canchon

CE QU'A TU LE VENT D'OUEST

roman

GALLIMARD | L'ARPENTEUR

À la mémoire de mon ami Sylvain Tomczak
(7 septembre 1971-27 juillet 1989)

À mon père, qui aurait dû être le premier lecteur de ce texte…

AVERTISSEMENT AU LECTEUR

Si peu d'importance que cela paraisse revêtir, l'auteur tient tout de même à lever toute hésitation du lecteur quant à la prononciation du nom des deux personnages clés qu'il s'apprête à rencontrer : *Storvean* se dit ainsi « stor-vent », et *Warroc*, « oua-roc ».

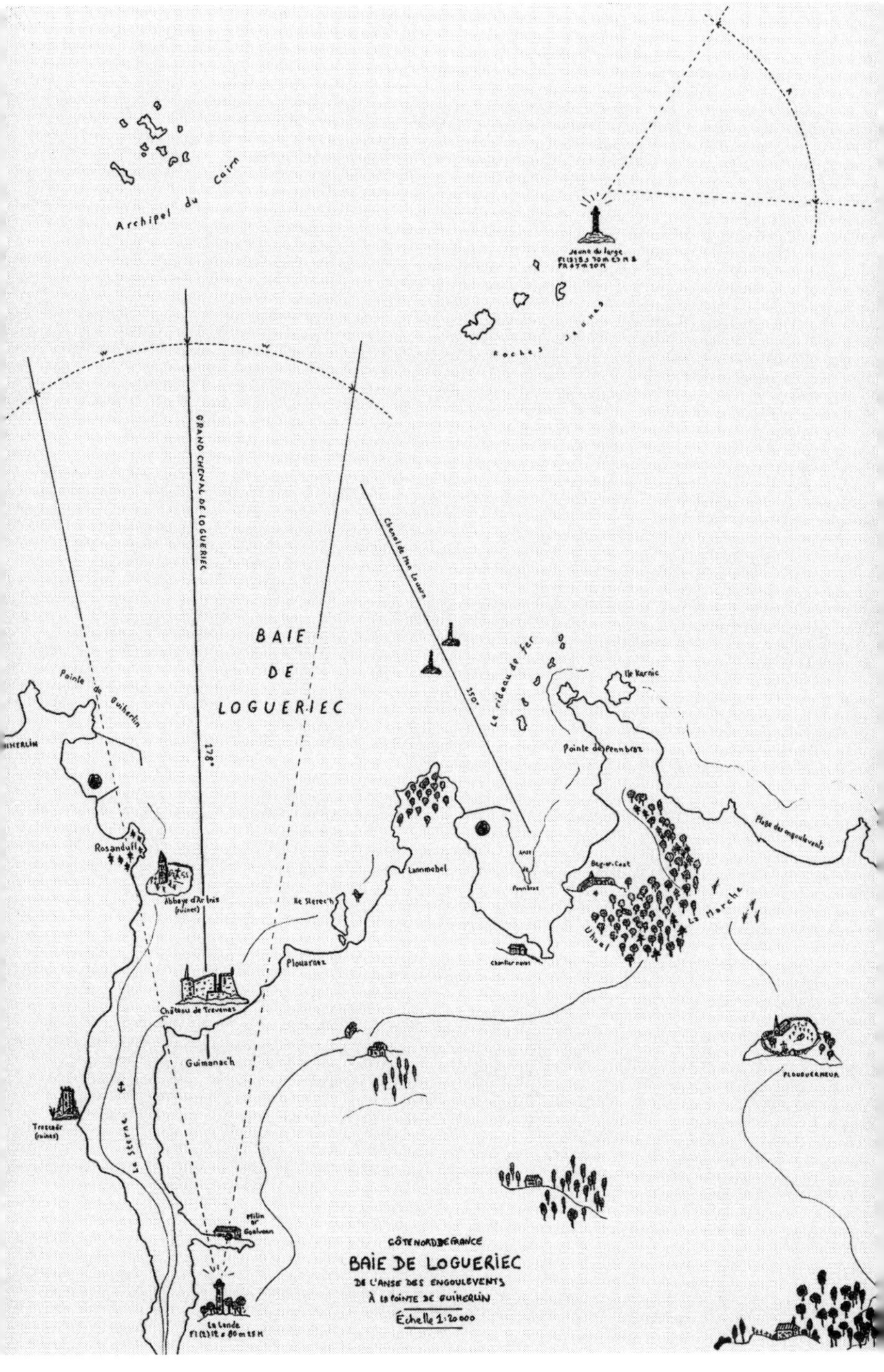
Archipel du Cairn
Jeune du large
Roches Jaunes
GRAND CHENAL DE LOGUERIEC
178°
Chenal de Men Louarn
250°
Le rideau de fer
BAIE
DE
LOGUERIEC
Pointe de Guiherlin
IHERLIN
Ile Karnic
Pointe de Pennbraz
Plage des engoulevents
Rosanduff
Abbaye d'Ar Inis
(ruines)
Lannmobel
Ile Stere'ch
Anse
de
Pennbraz
Bag-ar-Coat
Uhuel
La Marche
Chantier naval
Plouarnez
Château de Trevenez
Guimanac'h
Trezraër
(ruines)
La Sterne
PLOUDURMEUR
Milin
ar
Goalvenn
La Lande
Fl (2) 12 s 80 m 25 M
CÔTE NORD DE FRANCE
BAIE DE LOGUERIEC
DE L'ANSE DES ENGOULEVENTS
À LA POINTE DE GUIHERLIN
Échelle 1:20000

Quelques-uns même ont affirmé que l'amour l'a réduit dans cet état ; ou que ses cris témoignent du repentir de quelque crime enseveli dans la nuit de son passé mystérieux.

LAUTRÉAMONT,
Les Chants de Maldoror

Chapitre I

LA MARCHE

Quittant l'enceinte dont l'ombre âgée glaçait les terres habitables, je franchis à l'aube les colonnes d'Audren, frontière de Pennbraz.

Selon l'usage, j'appelais « Pennbraz » l'espace fantasmé de ces trèves désertées, de ces croix rognées par le silence d'épaisses forêts, des solitudes portuaires et des rives écumées qu'on regroupait ordinairement sous ce nom quand celui-ci désignait en réalité la Pointe seule autour de laquelle elles étaient arrimées : une agglomération pénétrante de granits roses, un petit cap vigile d'où le regard brusquement élargi se retrouvait – ainsi qu'au bastingage pétrifié d'un vaisseau de ligne – propulsé vers le grand large.

D'ouest en est, les lieux formaient une profonde échancrure entaillée d'anses, de becs et de passes étroites qu'on voyait fluer entre les bancs de sables, irriguant conjointement les fosses de Kernic et les mouillages du Cairn, dont l'archipel rongé des brumes semblait les jours de grand beau temps sourdre des enfonçures de l'océan.

Racée, désirable, Kernic avait le port charmeur et

savamment hautain des intrigantes. Elle était en tout point *l'île au trésor* – celle que les peintres, redécouvrant dans ses formes l'allant d'une ligne lentement éteinte par la pratique, auraient croquée d'instinct. De proportion modeste, élancée, ses spires faisaient alterner l'ardoise et l'ocre brun des grès ensellés, décadents, arides, sur lesquels le soleil venait l'été s'écraser comme un citron mûr. Un mince ruban de sable roux serpentait à travers les cyprès dont le haut faîtage tremblé surplombait ses accès, filant jusqu'aux roches de guet où s'arc-boutait un gîte semblant parer à l'indiscrétion malveillante qui des embrasures de la Pointe eût résolu d'en percer les secrets. L'impossibilité de décrire correctement cette tanière conspirant on ne savait quel coup derrière ses rangs diffus de pins sylvestres et d'églantiers tenait à quelques caractéristiques singulières : anormalement *retranchée*, elle présentait – à l'antique – un profil faisant planer sur sa finalité comme sur celle de son énigmatique propriétaire un doute qu'accentuait l'ombre portée du toit sous l'égide duquel il paraissait continuellement veiller. Tout ignorer de la présence ou de l'absence du maître des lieux lorsque je pénétrais ce territoire aventureux contribuait d'ailleurs largement à mon envoûtement. Aussitôt franchi le bras de mer qui mordillait ses marches, je déambulais sous les vénéneux auspices de l'île, sentant sur moi l'œil oblique de sa vigie, dans les cillements duquel je subodorais sans cesse la malignité de suspectes instances. De vieilles rumeurs faisaient même état d'un réseau de galeries souterraines où ce que la mer rescapait de plus condamnable eût tranquillement fureté dans le noir à l'abri des lois ; mais en dépit de nos innombrables sondages, nous n'en avions jamais trouvé l'entrée.

Malgré cela, électrisés par la promesse d'en pouvoir enfin percer les mystères, nous revenions insoucieux chambarder ses plages, prenant chaque saison possession de l'insulaire principauté après nous être assurés que l'âme errante du gouverneur ne rôdait pas dans les anis qui remparaient d'ombelles les treilles de son palais hanté.

Aujourd'hui encore, si l'on m'avait demandé d'associer une image à *la grande évasion*, nos barges échouant clandestinement sur Kernic leurs flots imberbes de contrebandiers, de marchands de cap et de correcteurs d'épaves eût été celle qui me serait immédiatement venue à l'esprit. La traversée de la Queue de la comète, nos nuits d'épanchements sur les mornes piqués d'herbes folles que nous quittions quand les feuilles incandescentes de nos cigarettes agonisaient sur leurs filtres, qu'il n'y avait plus une étoile au ciel et que nos feux expiraient, nos serments d'ivrogne, nos déclarations, nos changements de régimes et nos révolutions, nos livres – nos lèvres parfois – et la sensation que nos dialogues ajoutaient au susurrement votif des stèles, restaient dans ma mémoire pareils aux fragments d'un discours amoureux : un cortège de « figures » cadrées par la mer, et comme les anses galetées qu'elle lapait, bercées d'un éternel ronflement de graviers.

Pourtant, n'était l'espoir de la retrouver *en son endroit*, je redoutais surtout de constater à quel point Kernic nous avait dévorés, annexant pour son seul profit l'éclat d'une jeunesse dont nous n'étions plus désormais que le portrait hypocrite et vieilli.

*

J'avançais à pas comptés. Le ciel tendait son vélum bleu pâle sur les berces montées entre les boules de roches qu'épousait la sente par laquelle le promeneur atteignait au rivage. De la plage qui s'étirait en contrebas, l'on ne percevait encore qu'une clameur molle, semblant appartenir à un univers étranger. Levée des sables, une confusion d'appels, de rires, d'exclamations, voletait assourdie dans l'onde opaline, étirant ses bribes vagabondes jusqu'à l'oreille des corps adonnés au rayonnement qu'un souffle timide rendait sous ses latitudes à tout instant supportable.

Aux abords de la rive, de petits groupes affairés – chasseurs de crabes soupiers et bâtisseurs d'escarpes – se profilèrent sur l'horizon. Et tandis qu'approchant, j'entendais leurs cris fuser dans l'espace miséricordieusement dénudé de la grève, j'abordai ce littoral frémissant le cœur trouble et la gorge nouée, sûrement plus ému qu'il n'était avouable à l'idée de marcher à la rencontre de celui dont – trente ans après – j'avais agréé l'invitation sans hésiter.

Sa lettre – le procédé désuet m'avait amusé, mais sans doute d'y retrouver intacte la concision déclamatoire de ses sommations expliquait-il aussi la spontanéité avec laquelle j'avais répondu à sa convocation – disait seulement :

Pends-toi, Beaumanoir, j'ai investi le Beg et tu ne t'y trouvais pas ; rejoins-moi, libre d'encours, et sans attendre !

Dans l'impatience de te voir là-bas.

Bien à toi, vieux brave.

A. S.

*

« *Là-bas* », c'était tout dire : épingler sur la carte le seul point qui pût à la fois distinguer un lieu et une époque – ces années d'abus où claquant nos portes à tour de rôle nous nous retrouvions libres comme l'air, sans superstition de choix, de rythme ou d'ordonnance, battant des bras sous le dais étiré des lois pour nous maintenir sur l'asymptote de l'astre que nous suivions, refusant son infaillible effondrement dans l'océanique banalité du quotidien – au sordide ennui duquel nous comptions tous fermement échapper ! Non que le monde à venir nous apparût exagérément étriqué, non, nous en percevions déjà d'impudentes délices…, mais après l'envol s'était opéré un basculement silencieux, l'intuition discrète que nous aussi finirions par voyager écroués sur une ligne de fer, une ligne droite, fléchée jusqu'à son terme, une ligne *régulière*, jalonnée de gardes-barrières et d'aiguillages convenus qui ne laisseraient à nos rêves qu'un chemin de traverse, l'impasse étroite, hélas, du seul *souvenir* de nos rêves.

*

Or, rêveur, Arthur Storvean l'était. Et son rêve haussait les voiles et les cœurs. Dernier conteur de la lande, il emportait tout et tous sur le dos d'un idéal façonné à coups de projets conçus au vent, dans l'éclat d'une vague ou l'ambre d'un *Islay*, usant sa voix de pasteur sur les rubis du crépuscule quand les *fous* eux-mêmes parcouraient de leur aile noircie l'immensité de ses songes pélagiques.

Ses grandes visions consacraient l'alliance d'individus promis à *l'évitement* ; et si beaucoup d'entre eux parvenaient à Pennbraz convaincus d'avoir déjà trouvé leur *temple* à l'autre bout du monde, il suffisait qu'il les menât sur ces grèves ivoirines – que les marées ourlant d'écume cyprées et littorines recédaient au désœuvrement d'adorateurs discrets, pour qu'ils admissent sans coup férir ce qu'inspirait en effet d'insurpassable beauté sa péninsule perdue aux confins incendiaires de la Bretagne armoricaine. Aussi le voyait-on toujours entouré d'un assemblage de fidélités dont les incarnations hétéroclites – contraintes de *s'apprécier* sur place – nouaient parfois entre elles des relations qu'il regrettait aussitôt de ne plus pouvoir intégralement contrôler.

Je fus l'un de ses fidèles. Pas un des plus vieux, pas un du premier cercle ; un fidèle récent, une sorte de « dernier arrivé chez les Verdurin », un *complément d'objet* venu distraitement enrichir les singulières nuances du noir qu'engendrait la prodigieuse lumière de ses yeux.

Comment cela pourrait-il revivre aujourd'hui ? Il me semblait malheureusement qu'au retour en grâce des possibles s'opposât déjà la clairvoyance d'un affaissement venu pernicieusement troubler ma marche le long de la mer qui, somnolant au loin, magnifique, délissait sagement ses lames au seuil des récifs exondés, et sur laquelle sinuait alors l'onde irrésistiblement oppressante du danger.

Chemin faisant, je songeais également que cet isolement préalable, impatient – et craint –, ressemblait à celui que je m'imposais pour majorer le plaisir à venir d'Elsie, fruit d'aube hâlé que les gouttes de son dernier bain de mer recouvraient d'une rosée scandaleuse, et qui chaque nuit pour moi recommençait un monde. Il n'était que de sentir le vent s'emplir d'anciens parfums pour comprendre à quel point c'était elle aussi, son sang, sa chair – *ma* brûlure –, qu'à travers lui j'espérais retrouver.

*

Cependant, à quelques centaines de mètres du port, un violent contraste lumineux paraissait singulièrement *démontrer* le paysage : sur un large cadran nord-est, le soleil, qui nappait de doublons le grand corps étale de la mer, cédait les quarts restants aux nuées qu'on voyait s'amonceler sur la Sterne – dont les vases lointaines exprimaient elles-mêmes les flots bruns d'un indéfinissable malaise. Je n'aurais su dire pourquoi ces ombres m'affectaient autant ; peut-être, les voyant approcher des murs de Beg-ar-Coat, pressentais-je quelque affinité de ténèbres entre leurs courbes fuligineuses et son château des sylves à la dérive ? Au reste, l'évocation de ces lieux étranglés où s'entrechoquaient sous l'épaisse paupière du phare de la Lande les eaux adverses de la mer et du continent me laissa la détestable impression qu'une haine indécise ondulait là, croissant enlacée parmi les algues comme une mauvaise pensée dans son jardin d'hiver…

Vaguement inquiet, je descendis ensuite vers l'anse de Pennbraz, qui malgré ses morsures offrait au regard le visage d'une côte abordable ; avec leurs volets verts, vineux (plus rarement crème, rose chair ou marine), les villas semées au petit bonheur sur les coteaux voisins du môle où s'amarraient ligneurs et pêches-arrière composaient effectivement une palette bigarrée dont l'est du littoral – flanqué de *rhuns* obscurément rétractées dans le sein gris du massif – se trouvait presque totalement dépourvu. Là, comme ces dieux à écailles que leur nom seul eût *rappelés*, et avant même que je ne voie réellement leurs formes s'ériger sous mes yeux, les signaux d'un continent englouti me revinrent en mémoire : saillies des blancs tombeaux de la mer, de hautes tours hissèrent leurs couleurs sur le pied bossué des roches cardinales, des mâts épars déchirèrent les brumes couvrant d'oubli les îles lasses des chenaux de Loguériec, et sur la gauche, au fond du pertuis, les balises latérales portant cormorans en cimier sur leurs cylindres ballés par les courants de marée filaient leur ligne vermillonne devant les arches d'Ar Iniz, dont les piliers rognés par les faisceaux d'oyats commençaient de disparaître sous le grain soufflé des dunes appuyant leur glauque invasion. Derrière ces bouées, dans le repli montueux d'un val noyé par les crues – et comme privées des bienfaits qu'une lumière delphique répandait au-delà sur l'estuaire –, les pales du moulin de Goelvenn ruminaient les soupirs que le flot submergeant ses cachots à ras de mer remontait du lugubre château de Trevenez. Mais il s'agissait là de territoires qu'aucun souvenir n'eût permis de *relever* – Storvean (qu'un inexplicable maléfice semblait avoir banni de cette zone) nous ayant toujours tenus anxieusement éloignés des inavouables légendes qu'ils recelaient.

L'âme à cet endroit demeurait saisie par la sournoiserie des roches dont l'affleurement attestait les dangers tapis d'un port soumis à l'éternel mouvement des marées qu'ainsi découvert, l'estran trahissait jusqu'en ses moindres plissements. Assis sur les partitions de cet amphithéâtre débondé, l'on percevait avec une exceptionnelle acuité le cri gouailleur des volatiles planant sur la béance navrée par l'océan. L'on était vraiment là sur « les humides bords des Royaumes du vent ». Rien hormis le caractère sauvage de cette place livrée aux incessantes reconquêtes des marées n'eût mieux fait comprendre l'extrême précarité dont tout règne ici paraissait frappé. On eût dit que le champ de manœuvres se fût arbitrairement déplacé de quelques milles au large, laissant pour lors les quilles inclinées des voiliers, la tête tranchée des corps-morts emperruqués d'algues vertes et tout ce qui poissait alentour dans un état de déréliction qui ne manquait pas de surprendre tellement il semblait incroyable que tout pût à ce point vaquer avec la mer – la vie n'apparaissant plus de ce côté du *bras* que dérisoire, à peine réelle.

Contempler le mouillage que l'heure livrait ordinairement à la quiétude des songes avait ici quelque chose d'iconoclaste – comme si j'avais gâché les bleus saisonniers et qu'insensible au rythme de la nature, j'eusse indûment brisé l'harmonie devant assurer l'indolente dérive des astres en déportant sur le cadran d'une horloge dévastée la tragique mesure du temps.

Me revint de quelle autoritaire façon Storvean régissait alors l'emploi du nôtre. Le droit de flâner ne redevenant opposable qu'au moment où le soleil entrait en fusion avec la mer, *l'étroite observance* exigeait que l'on expiât d'abord notre oisiveté matinale en allant forcer les sentiers, briquer la coque d'un voilier, ou nous livrer aux joutes homériques qu'il improvisait sur les plages pour exalter sous ses ciels de traîne nos corpulences excessivement sédentaires.

La nuit calmait nos jeux. L'alcool, les embrassements, la flamme montée des feux que nous dressions sur les landes pelées, chauffaient enfin nos corps dont les ombres dansantes se frottaient magiquement aux cercles de pierres. Et si la journée devait laisser certains sur leur faim, l'avouer eût toutefois été peu prudent. La formulation même de la satiété constituant l'apanage de l'inapaisable ventre qui entendait régenter, selon les seules exigences de son estomac, notre constant appétit d'empire et d'étourdissement.

Tout cela fonctionna pendant des années : tant que le rite, non encore élevé au rang de dogme, sut conserver l'apparence de la légèreté. Une sereine confiance en l'avenir également, associée à l'indéfectibilité supposée de nos liens, suffit sans doute à entretenir l'illusion que rien n'empêcherait l'infini renouvellement d'un processus semblant sans cesse fertilisé par les vases hors d'âge de son aber.

Lui ressemblions-nous plus que nous le pensions ? Peut-être..., au fond, ses hésitations, ses postures, ses comportements que nous calquions sans réfléchir, n'étaient-ils pas aussi les nôtres ? Quoi qu'il en fût, de petites voies d'eau commencèrent à filtrer entre les membres disjoints de cette secte que le radotage finit tout de même par lasser, et nos célébrations, embaumées dans le « soleil noir de sa mélancolie », se parcheminèrent lentement sous les bandelettes graisseuses du passé.

*

C'est à cette époque qu'il fut une seconde fois quitté. Entraîné par une poignée de mécréants, je fis partie des factieux qui n'étaient plus venus ; à l'âge hybride où l'on s'estimait en droit de diverger, où les langueurs du transat apparaissaient souvent préférables aux gesticulations d'un navigateur colérique, je repris à mon tour la liberté que je lui avais confiée – sans songer que la retraite de son dernier carré dût irrémédiablement sonner l'heure de son déclin.

Car Storvean ne savait vivre qu'*embrassé*.

Il prétendait bien gouverner ses provinces sans légions, mais n'aurait pu vivre sans la Cour devant laquelle il était en perpétuelle représentation. Quand on touchait à sa mise en scène, il se brisait net, désorienté, ne sachant comment vivre ainsi privé de ses ressorts. Il investissait tellement d'énergie affective dans l'atteinte d'une satisfaction dont l'intensité se trouvait si exclusivement dépendante du degré de contentement éprouvé par les autres, que lorsque ceux-ci ne semblaient pas totalement comblés, ou émettaient seulement une idée neuve sur la manière de jouir des heures démembrées qu'ils consumaient à ses côtés, il en ressentait une tristesse mortelle. Si l'un des siens confessait mal apprécier les charmes des chasses qu'il lui prenait d'organiser l'après-midi sur la laisse de basse mer – osant traduire l'envie générale d'entrer dans un café pour se mettre à l'abri du vent, du froid, du soleil ou de la pluie, à l'abri même, parfois, de son enthousiasme morbide –, il devenait muet, prostré, comme s'il venait de réchapper à quelque monstrueux attentat. Je l'avais vu ici, nu, seul, décontenancé, assassiné par le tranchant d'un mot qui dérangeait l'agenda de ses plaisirs formatés, le sourire effacé et le regard perdu, dérivant, rompu, sur les eaux livides de la *désaffection*. Je fus comme les autres alors, je ne le reconnus plus ; comme le fantôme pitoyable de nos dix-sept ans, il avait passé.

*

Il y avait déjà plus de quatre heures que j'avais entrepris le tour de la Pointe, porté par ce chemin qui paraissant n'avoir ni naissance ni fin débouchait quelques coudes plus loin sur une vaste plaine d'érosion, sorte de sas de décompression entre le chaos péninsulaire et le monde civilisé.

De ce plateau décharné partait la voie menant aux verts mystères de Beg-ar-Coat.

L'œil séjournait péniblement sur ses abords sépulcraux où de graves futaies froidissaient constamment l'élan solaire ; battue des hautes mers, grignotée par les houx, couleuvre frayant à travers les fosses communes, la route de Rhun-Avel fuyait, sombre et luisante, coulée conviant à la perte, à l'acceptation liminaire des événements qui surviendraient inéluctablement à l'autre bout, et sur lesquels je ne saurais plus « *là-bas* » avoir la moindre prise.

Mais comme je suivais du regard l'inquiétante perspective qu'elle ouvrait, débattant toujours si je prendrais ou non – et sans secours d'aucun retour – la direction de Storvean, une voile inondée de soleil déborda crânement les tourelles de Men Louarn pour embouquer la passe de Pennbraz.

*

Poursuivi par une nuée fantasque de goélands, le voilier descendit pour aligner vent arrière les trois amers prévenant l'entrée du port, son étrave bleu d'ardoise traçant entre les bords acérés du canal un long V d'écume mousseux dont on voyait les jambages s'écarter et se segmenter sans cesse, fronçant l'étoffe où ils finissaient par s'estomper dans un ultime envol de bulles et de dentelles. Sans un pli, bouffant insolemment au-dessus des chromes du balcon, le grand *spinnaker* exhibait sans honte son galbe aux voyeurs – et l'idée qu'il flottait dans l'azur comme l'étendard du présage ou la préfiguration du désastre me parut seule pouvoir exprimer quelle tension me poussait à fixer ainsi l'érection de ce sein qui tout à la fois offert et voilé semblait tranquillement allaiter les inextinguibles portées du vent.

Au début cependant, rien ne se produisit ; après l'aire exaltée des longues traversées, le navire s'apprêtait avec l'assurance d'un croiseur hauturier à recouvrer l'ingratitude des rades lorsqu'un infime étrécissement du champ lumineux le laissa bizarrement irrésolu, et comme désemparé.

Le ciel changea.

Le liseré d'or soulignant depuis l'aube le front crispé des roches s'évanouit, et un gris de cendre humide remplaça peu à peu les incandescences que le soleil répandait jusqu'à lors sur Pennbraz.

Bientôt l'on ne reconnut plus rien ; hors des eaux saines, le *ketch* était là, tout près, entouré de roches offusquées par l'intime candeur de sa toile renflée. Il avait l'air lourd des vaisseaux de retour – propagateurs de maux dont le souvenir tétanisait les ports occitans, rouleurs de plaies levantines que certain souffle noir répandait au fond des criques, où l'onde les essaimait ensuite comme des larves d'anophèles sous les arcs épigraphiés des alcazars.

À cet instant, l'enclume écrasante d'un énorme cumulus abolit du jour les dernières clartés. L'air parut littéralement tomber à la renverse. Privée d'appui, la toile – semblant s'indigner que sa rondeur ne fît plus loi – refusa violemment, s'étouffa, avant de se reprendre, permettant finalement au navire d'opérer une sorte de retour à un équilibre dont l'ébrouement du *spi* venait de rappeler la désolante fragilité.

Le vent enserré ajusta ses accords, et l'on entendit soudain l'écho roulant d'un sinistre claquement envahir l'éther effaré. Les marins qu'on crût jaillis d'une ruche attaquée, sortirent en hâte pour affaler les lambeaux de nylon qui giflaient l'espace de chaque côté du mât, mais l'explosion de leur voile semblait avoir franchement déréglé leur ballet millimétrique – comme si le grondement qu'elle venait de répandre dans la combe de Pennbraz eût annoncé l'arrivée prochaine d'un inévitable et terrible orage.

À sec de toile, le bateau doubla l'estacade sur son erre, interrompant au passage l'insouciante procession des pousseurs de haveneaux qui raclaient besogneusement les fonds frétillants de la passe ; même la badauderie pérégrine, venue sonder sur la digue les prouesses du jour, suspendit au bobinage angoissant du fil qui l'attirait vers l'échouement son babil matinal. De toutes parts, dévorant des yeux les profondeurs, l'équipage traquait le mufle affûté des roches qui eussent voué sa coque à l'errance des barques sans haleurs.

Les toussotements cadencés du moteur vinrent heureusement contenir l'agitation du pont.

Le navire sortit lentement de son inertie. Aussitôt, avisant l'un des derniers corps-morts auxquels il pût nouer à cette heure sa fatigue d'outre-mer, le barreur, virant de bord, pointa vent debout son étrave sur la bouée.

*

Un temps, le *ketch* parut reprendre sa marche régulière, luttant au plein de la matinée contre les courants creusant sur sa ligne de minuscules tombes d'eau. J'écoutais ahaner la machine, guettant avec je ne sais quelle appréhension cardiaque la déficience de ses battements qui peinaient visiblement à rapprocher la proue de son but.

À bord, le *skipper* hurlait des ordres au vent.

Quand moins d'une longueur de coque ne sépara plus l'équipier d'avant de l'anneau qu'il devait crocheter pour éloigner d'un seul nœud l'ombre atavique du naufrage, tout s'enchaîna très vite : bridé par une laisse invisible, le navire piqua brutalement du nez, déversant dans l'aber assoupi les échos rageurs du propulseur dont l'hélice écœurée montait en neige les blancs insolés du bassin, lorsqu'imposant un horrible calme, son moteur cala. Impuissant, les plans tortueusement entravés, le bateau commença d'abord par marquer une courte pause, puis évita rapidement par la poupe, brisant là l'espoir du bord d'achever son quart en saisissant au vol le globe d'amarrage qu'il visait, mais qui déjà s'éloignait, dodelinant, goguenard, son iris éteint à la face du ciel.

*

Un moment après, indifférent aux conséquences d'un ratage dont la responsabilité ne lui eût aucunement incombé, le *skipper* du *ketch* parut à la proue de son annexe, profilant graduellement sur l'onde une silhouette que j'aurais distinguée entre mille, et retrouvais à l'accoutumée : raide élévation sanglée dans l'antériorité de sa haute stature, prolongeant son costume d'apparat sous les oripeaux duquel il paraissait toiser les chiffres d'un terrain miné. Je regardai son visage de grand Mars flambé dont le bronze avait exercé pendant tant d'années l'indicible charme auquel nous succombions comme un seul homme, obéissant à sa voix pectorale sans nous poser plus de questions que nos existences *désinspirées* n'en requéraient, désireux seulement de vivre un instant sous le faisceau de ses yeux charbonneux derrière lesquels nous sentions luire « l'âme d'un mouvement ». Et nonobstant l'événement qui venait d'altérer ses traits, je sus gré à Storvean de me réconcilier instantanément avec les plus limpides, les plus profondes jouissances de ma vie, comme si son éternel regard de Pan suffît à raviver d'un coup d'œil l'orient terni d'une époque dont j'avais quitté trop vite les anses turquoise, et qu'il m'eût ici brusquement *ré-uni*, quand la lumière diffractée de ses plaies dansait encore au bord des lises où nous l'avions laissé.

Chapitre II

BEG-AR-COAT

Une allée moussue capturant l'œil au détour d'un virage, une ferté dont les embrasures dédaignaient la mer pour affronter la sombre lisière des bois, un domaine *réservé* d'où le temps – comme entravé – ne dût pas s'écouler tout à fait moralement : tel m'apparut le manoir à l'ombre duquel Storvean désirait apparemment renouer les fils de notre brève amitié.

*

La renaissance avait passé tardivement sur cette architecture confinée dans une gaine moyenâgeuse dont l'étroite tour d'escalier constituait le plus évident témoignage. Au nord-ouest, en grand deuil, s'étirait sa face orpheline, celle des remparts bretons qui font barrage aux vents dominants et sont une invite au mystère ; impeccablement usée, elle semblait un voile tendu sur l'intimité rudimentaire d'alcôves dans la pierre desquelles on avait semé de petites croisées – points de mire absorbant l'attention du promeneur et les excès du jour qui dès prime venaient hérisser le feutre de ses vieux dortoirs déserts. À l'opposé, quatre baies à meneaux miraient leurs losanges verdis dans les eaux lasses d'une fontaine italienne, dont les reflets devaient contenir l'armée des pins qu'on voyait croître au loin, ceignant l'ancien logis comtal d'une verte et haute désolation. L'ensemble, enfin, que l'inquiétante harmonique des brises dût seule pouvoir déranger, laissait une pénible impression d'immémoriale étrangeté.

*

Il me fallut peu d'heures pour constater les pouvoirs lénifiants de ce *kastell* établi contre la nature qu'il défiait. Dans l'étouffement des sons et le reflux du monde extérieur, j'arpentais ses longs couloirs craquants, ne parvenant qu'avec peine à saisir la rumeur de la mer, toute proche, mais dont le manoir semblait refuser la présence trop vaste, s'ingéniant de son orgueilleuse beauté, de sa perfection d'époque, à retenir céans l'imagination de ses locataires fatigués.

Il était d'ailleurs difficile de se faire une idée précise de l'agencement des pièces fichées dans les entrailles du château, qui les digérait avec une ombreuse désinvolture : une incroyable quantité d'espaces hétéroclites – chambres à coucher corsetées de chêne suiffé, vastes corridors étayés de colonnes torses qu'on voyait s'élancer à des hauteurs anormales vers l'ossature concave de plafonds bleu ciel, vieux fumoirs attendant sous la langue râpeuse de tapisseries empoussiérées qu'un retour de flamme réchauffât leur âcre odeur de tabac froid, salons parés d'armes amovibles…, derrière sa face lapidaire, Beg-ar-Coat abritait en son sein ce qu'on eût sans faillir comparé à tout autre chose qu'aux trames impénétrables d'un tombeau égyptien. Ainsi divisés, ces volumes où saillait l'arête inentamée d'une mémoire héréditaire apparaissaient d'ailleurs semblables aux impasses piégeuses d'un labyrinthe avant tout soucieux de préserver l'intégrité d'un corps *défendu* ; éternellement endormis, ils étaient distribués de manière iconoclaste par des galeries qui accusaient de brusques dépressions, obliquaient selon des droites étranges et infiniment biaisées, s'exhaussaient à nouveau de quelques degrés vers la lumière, puis déroulaient leur velours grenat sous les portraits d'ancêtres railleurs, dont l'œil florentin épiait en ces détours la marche gauche – et toujours équivoque – du visiteur égaré.

Parfois, marchant entêté dans cette atmosphère de palace fermé pour travaux, cependant qu'un silence de cendre trahissait un peu plus que de coutume la pâle angoisse rôdant sur les corniches de cette auberge *déclassée*, j'entendais les tierces d'un mystérieux prélude imposer aux fleurs de la cour leur ophélienne tristesse. Et sans qu'il me fût possible de localiser l'endroit exact où sévissait l'instrument qu'un caprice inexpliqué de mon hôte maintenait hors de portée, j'étais frappé, chaque fois qu'une mélodie sourdait de ce piano fantôme, par l'irruption dissonante d'un thème qui en douchait l'extrême délicatesse, l'éraillait, le ravissait, l'absorbait – jusqu'à ce que la coda l'amenât à nouveau sur un mode mineur au seuil vibrant d'onctueux naufrages. Sur quoi, habité par le rêve hagard d'une attente qu'une seule note eût comblée, je retournais m'allonger et, m'abandonnant au moelleux des taies, délaissais mes lectures et revenais à Storvean.

Car hormis nos souvenirs communs, sa destinée pour moi demeurait pareille à ces débris disséminés par la mer : un semis d'écailles flottées qui n'eût jamais donné qu'un faible aperçu du navire auquel un jour elles avaient appartenu.

Cadet d'une famille impossible et splendidement envahissante, on l'avait dit impliqué dans des affaires complexes où la réussite, souvent, avait côtoyé le ressentiment. Après l'avoir cru riche, on le crut influent, prodiguant ses conseils aux hérauts des deux bords, poussant d'anonymes ambitions du banc des chambres aux bergères des ministères. Haut en cour, faiseur de rois, roué des ors, « un spleen étrange le tenait exilé » sous les stucs palatiaux, oublieux des fidèles dont il maculait le souvenir d'injustices ou d'omissions – donnant dans le renfoncé des causeuses le sentiment d'exécrer ceux qu'il avait adorés. D'aucuns prétendirent même posséder des clichés au premier plan desquels on l'eût vu partager les fabuleux desseins d'éminents commis, mais rien de tout cela n'était parvenu à le sortir de l'ombre qui grandissait et déjà commençait de l'effacer. Sur l'échiquier qu'il négligeait, ses pions inertes, sa défense tournée, ne furent plus qu'un constant rappel de la disparition prochaine du clan, une lézarde au mur de son chapitre, un irréversible petit pas de plus vers *la trappe* dont il sentait l'appel nébuleux.

Il est vrai qu'après ces errements, s'exiler à Beg-ar-Coat put apparaître un sort enviable à Storvean. Somme toute, l'acquisition de ce clos battu d'averses et d'embruns encourageait l'espoir qu'un faste neuf rompît enfin la vacance de ses *salons*, mais la pompe au manoir n'avait plus cours, et lui seul à cette heure se montrait vacant.

Un songe ottoman flottait entre ses murs, où par un raffinement de rigueur, Storvean semblait s'adonner aux délices de l'enfermement. À la manière d'un trou noir, son mutisme absorbait tout ce qu'il eût bénéfiquement formulé, achevant d'engloutir le pouvoir d'énonciation auquel il disait avoir délibérément renoncé. S'il conservait un carnet noirci de notes, de strophes et d'ébauches qu'il assortissait de commentaires censés étayer son « *grand œuvre* », ce qu'il avait tiré de ces pages nerveusement griffonnées démontrait bien l'incapacité dans laquelle il était de produire la moindre phrase – et je ne pouvais m'empêcher de penser qu'habiter cette *folie* n'avait fait qu'ajourner celle de son déroutant propriétaire. Muré dans sa gentilhommière, il consacrait son existence à lutter contre l'insidieux débord d'une époque dont les eaux sombres avaient refleuri sa proverbiale ancolie, et malgré ses œillades finit par ignorer totalement l'éclatant horizon qui venait les jours de grande marée battre ses flancs boudeurs.

Une espèce de foudre intérieure le rongeait ; une brûlure endogène entretenant chez lui l'illusion qu'il suffisait de « *vouloir* » exercer sa puissance pour qu'elle pût librement déferler, mais la foudre ne se déchargeait pas, et l'accumulation de cette électricité – maintenue à l'épicentre de sa querelle intestine à l'état de *potentiel* – faisait peser sur notre réclusion volontaire un risque de surtension permanent.

*

Dans ce périlleux séjour des solitudes, pendant les heures grasses qui suspendaient nos siestes au bourdonnement insomnieux d'insectes dérisoires, il arrivait à Storvean d'arpenter tête baissée la cour écrasée de soleil ; le manège durait un temps, puis levant un sable épais, il gagnait l'orée des bois devant lesquels il demeurait coi, semblant attendre là que quelque chose ou quelqu'un se manifestât enfin. Mais les hauts arbres restaient quiets. Respectant un rituel immuable, il contournait alors les pieds cannelés du bassin vénitien et se dirigeait d'un pas hargneux vers la ferme de Kerhun, dont les dépendances écroulées prolongeaient la ligne d'ombre qui les apparentait déjà à l'oppressant univers d'Uhuel. À cet endroit, devant la grange qu'il avait aménagée (humble survivance du corps à laquelle d'étroits vasistas prodiguaient une lumière funèbre), il paraissait questionner une baie que l'âge et la ronce avaient épargnée, une porte tirée sur le vide et dont le pas chancelant accentuait la clarté d'avertissements qu'on eût dits inscrits dans les reliefs du massacre, comme le « *lasciate ogni speranza* » aux vantaux du Dante.

À n'en pas douter, l'on se trouvait ici dans une zone de profond contact avec ce que les insignifiantes apparences du passé pouvaient receler de dramatique et de tu sous l'agressive colonie végétale qui prospérait à ciel ouvert dans l'hébétude des plaies.

Au bout d'un moment, obéissant à une obscure injonction, il décrochait, rattrapé par la désolation, peut-être le regret ? Partant, oubliant sa cour, ses ruines et sa forêt, je le voyais reprendre avec lenteur le chemin qu'il avait parcouru en sens inverse, et chaque fois, fixant malgré moi l'eau roussie des fonts qui miroitaient sous mes fenêtres, songeais que si ses fantômes devaient un jour reparaître à la surface du temps, c'est de ce *pont aux âmes* qu'ils découleraient.

*

Ainsi vaguions-nous à travers de lourds silences, laissant au hasard le soin d'assembler les faits âgés qui nous avaient réunis. Les heures s'égrenaient à rebours des usages, nos journées ne commençant vraiment qu'une fois la nuit tombée – quand nos conversations indifférentes aux trêves estivales venaient à nouveau corrompre la veille des bougeoirs. Observant des règles monacales, nous nous livrions sitôt habillés à un jeu de rôles qui s'achevait invariablement dans les fauteuils de la bibliothèque, dont les accotoirs brunis par les ans solennisaient nos confrontations. Il y avait là je ne sais quelle voluptueuse impression à reculer le moment où nous nous trouverions en présence l'un de l'autre, l'étirement d'une pause qui ressemblait à celle que nous nous infligions en refermant précocement les livres dont nous aimions jadis économiser les pages afin d'élonger à l'envi nos exigeantes rêveries. Je dois reconnaître qu'une certaine déloyauté, une relative absence de *fair-play* animaient alors mon comportement : je mettais un point d'honneur à pénétrer dans la pièce maîtresse avant mon adversaire, désirant étudier les ouvertures qui plus tard guideraient nos déplacements sur les cases imaginaires dont le contrôle, le murmure intérieur, la vérité qu'elles contenaient en creux, cesseraient d'exister à l'instant même où Storvean reprendrait possession des lieux. Étonnamment maître de lui, anticipant mes stratagèmes, il me tenait brillamment en échec, gardant par-devers lui ce scandaleux objet du passé qui – refusant de mourir – avait motivé mon invitation.

*

Un matin pourtant, poussé par quelque ennui vers les promesses de sa bibliothèque, je crus enfin cerner les contours du méfait que Storvean – tout en affectant de souhaiter le contraire – dérobait toujours à mon regard.

Sur un mur de refend, derrière la porte palière qui grande ouverte le cachait en totalité, un portulan présentait l'entrée d'une anse gainée de sables clairs. Criblée de chiffres, couturée par les lignes de sonde, la « *Baie de Loguériec* » dispensait ses roches noyées et ses hautes vases, canalisant l'humeur des marées dont les vaisseaux effilés pénétraient radicalement les failles du plateau continental. Poursuivant des raisonnements contradictoires, je regardais ces marques indiquant à des caboteurs putatifs la flèche d'une église ou la possibilité d'un port ; parsemant les prés saumâtres de sceaux abscons, elles ajoutaient à l'hermétisme d'un parchemin – dont le cartouche eût très improbablement donné la clef. Mais en dehors des signes qu'on eût dits gravés au stylet dans l'épaisseur même du plan, l'œil revenait sans cesse se poser sur le fil de la Sterne qui, *in cauda venenum,* semblait pernicieusement charrier au fond du val l'antique poison du proverbe. Dague acérée d'eaux sèches, elle dédoublait verticalement l'aplat saumoné des terres fermes, fluant ténument entre les jades de l'estran par-delà lequel elle rejoignait l'horizon crayeux des basses profondeurs. Malheureusement, j'avais beau chercher ce qu'aurait pu révéler d'infâme le drain bleu qui de son propre aveu avait irrigué les meilleures années de sa vie, je ne voyais embusquées dans ces vasières que les chances qu'il avait refusé de *tenter* – préférant saupoudrer du sel sur la plaie qu'il aimait exhiber, l'air perpétuellement miné par le remords d'avoir perdu la soif sur les chemins de sa Sainte Quête.

*

Cependant, au moment où l'évidente nécessité d'être initié à ses mystères décourageait mes conjectures, Storvean ouvrit la porte en émettant une espèce de feulement sourd et prolongé, dont l'incongruité masquait fort mal l'embarras qu'il ressentait sans doute à l'idée de me maintenir de la sorte dans l'ignorance des authentiques motifs de ma convocation à Beg-ar-Coat.

« Qu'est-ce que tu cherches ? » me lança-t-il, pointant du menton ses livres plongés dans l'obscurité.

« Comme tout le monde, camarade, *"du nouveau"* ! », répliquai-je, espérant d'entrée fléchir par une plaisanterie le cours d'une conversation que son *attaque* annonçait singulièrement tendue.

Appuyé au chambranle, sa main gauche pressant nerveusement le bouton de la porte, il paraissait se demander ce qu'on pût bien dénicher là qui ne fût pas définitivement éculé, recuit, éventé.

Un silence marbré propagea longuement son indécence à travers la pièce.

« Arthur, pourquoi m'as-tu invité, lui demandai-je doucement…, tu l'as revue ? »

Horriblement mobiles, ses beaux yeux d'artifice inspectaient la bibliothèque comme s'il pût trouver dans ses mots muets le moyen d'affermir sa position. Il eut un curieux haut-le-corps, mélange incertain de lassitude et de mépris, toussota bizarrement, puis parut soudain se ressaisir :

« As-tu lu Warroc ?

— Non.

— Tu devrais. »

Sans en mesurer l'étendue, je sentis pourtant dans la singulière accentuation de son invite la possibilité d'atteindre à tout autre chose qu'aux simples plaisirs du signifiant.

« Pourquoi ? enchaînai-je, il paraît qu'il est illisible. Enfin, réservé à une élite qui se ferait tuer pour lui un Grevisse dans la main droite, un dictionnaire de l'Académie dans la gauche ! Mais je ne vois pas...

— C'est très exagéré, coupa-t-il ; évidemment, à une époque où les romans qu'on encense ressemblent à des légumes calibrés, je comprends très bien qu'il fasse figure d'épouvantail. Mais si tu mets de côté ses *Fragments* – trop durs, trop purs, peut-être, pour un début –, *L'essaim d'Hélène*, *Hautecombe*, *Le concile d'Otrante* restent des plaisirs parfaitement accessibles ; tout dépend ce qu'on attend d'un livre bien entendu, de la "*littérature*", s'il faut employer les grands mots.

— Qu'elle tranche un ou deux *nœuds d'écoute*, non ?

— Certainement pas ! Au contraire, nos énigmes, les vraies, celles du confessionnal, des haricots sauteurs et des greniers hantés ; celles des Golgotha, des trains ratés ou des matins de novembre *doivent* rester sans réponse. C'est même la seule chose capable de justifier une œuvre – pour le reste il y a la presse et l'Université. Quel intérêt porter à un art qui ne produirait plus de mystère ? On trouve chez certains compositeurs des accords miraculeux, absolument incompréhensibles, d'une simplicité, d'une beauté proprement extra-terrestres.

— Et Warroc fit pour toi ces miracles ? »

J'eus bien conscience de rabaisser par un trait grossier la qualité d'un échange qu'il s'efforçait de maintenir à un niveau décent, mais ressentais devant sa gravité l'urgente nécessité d'un pied de nez.

« Oh, inutile d'être ironique, reprit-il…, du reste, je ne crois pas qu'il soit jamais drôle, facile ou agréable d'être témoin d'un miracle. Le miracle est un fardeau. »

Je redevins sérieux :

« Mais, si une note, un mot, un vers parviennent à disperser d'un coup de foudre des ombres qu'on ne savait pas (ou plus) pouvoir chasser, où est le poids, où est le fardeau ? Quand une phrase dénoue, rachète, soulage, où est le mal ? D'ailleurs, sans ces *effets de souffle*, on ne parlerait pas de génie, on n'aurait ni Verlaine, ni Proust…, ni Warroc probablement.

— Oh, lui…

— Quoi, *oh, lui…*, continue ! »

Esquissant un demi-sourire, il me regardait vaguement apitoyé.

« … Je crois que tu as raison, il n'est pas à mettre entre toutes les mains ; en outre…, mais je t'agace avec mes discours. »

Et avant que je ne réagisse, il franchit le pas et referma la porte. Immédiatement je vis son visage blêmir, comme déformé par le souvenir d'un trébuchement originel dont la carte eût conservé la trace, et qui, ainsi exhibé, dût à coup sûr briser l'erre de sa flèche.

*

À sec et ridée, coulée dans la glaise de rive, la rivière étranglée semblait porteuse d'un crime dont l'ombre l'avait figé sur place, cousant ses lèvres, grisant ses yeux, suspendant ses mains en l'air comme deux grotesques araignées sur le fil d'une toile masquée. Lorsqu'il retrouva la parole, de curieux accès d'obscurité modulaient sa voix, contredisant l'heure et l'aiguisante lumière du jour qui supplantait déjà l'étroit éclat de ses lampes de quart, petits feux falots qu'on eût dits semblables aux yeux rougis d'une ondoyante et incessible présence. Puis, comme si sa vie entière eût soudain dépendu de l'exactitude des mots qu'il employait, il m'entretint de ses textes favoris, paraissant sonder l'effrayant désordre de ses passions à l'aune de celles que Warroc avait décrites. Une indéfinissable mélancolie panachait ses rêves puisés aux pages d'un écrivain dont l'influence tutélaire n'avait fait qu'accuser son sentiment d'incomplétude – une emprise atteignant au paroxysme lorsqu'il évoquait celle que ses romans avaient exercée sur lui : il répétait à leur sujet qu'il aurait tout donné pour revivre une seconde fois l'expérience privilégiée, retranchée, « *sectaire* », disait-il, où les timbres de Warroc répandirent en lui l'influx magique et effusif d'un chant souverain. *La chute de Logres* – qu'il dévora d'un trait – fut son chemin syrien.

Assis en tailleur sur son fauteuil de roi sans divertissement, il me raconta les nuits fœtales et les jours de jeûne où – trouvant dans ses chapitres l'indécent attachement aux principes qu'il avait si tôt transgressés, et l'hébétude de personnages continuant eux-mêmes de rendre un culte à d'anciennes idoles dans leur phase ruinée –, il but son calice jusqu'à la lie.

On eût dit que Warroc l'avait choisi.

*

Nous nous toisions. Retrouvant l'aube dans le sang de laquelle il retrempait naguère le rêve dédoré de nos veilles foraines, Storvean développait toujours ses exégèses quand un vent invisible referma sauvagement la brèche qu'il venait d'ouvrir au front de sa dépression, le forçant à baisser les yeux, humilié, nié, jeté aux fers, courbant l'échine sous la violence du grain. J'avais déjà vu ces nuages de bruine ombrager ses bases : on eût dit Achille sans ses armes ; adossé à sa nef creuse, il tenait sa rancœur hissée en tête de mât, puis traînait sa bouderie sur des champs de bataille qu'il arpentait *ad nauseam*, réussissant par on ne sait quel tour à esquiver une défaite qu'il eût tôt fait de connaître, si cédant à son exceptionnelle force d'inertie, tout le monde n'avait pas constamment rallié son panache défraîchi.

La chute de Pierre – auquel il eût plus sûrement qu'à quiconque parmi nous permis d'endosser le rôle de « second », proximité dangereuse, portant en germe l'intimité mortelle de liens qu'on pût à tous égards qualifier de *fraternels* – vint néanmoins mettre un terme à l'impudente immunité dont il jouissait. Il avait exclu, lassé, trié, désavoué trop de gens ; servile et envoûtée, même la vieille garde – qui suivant son regard mûr l'avait accompagné au bout des vaines campagnes qu'il entreprenait contre l'automne et l'ennui – avait alors rompu les rangs. Quant à moi, je me faisais maintenant l'effet d'un rescapé qu'on eût épargné de guerre lasse, à seule fin d'attester la déroute de ses armées. Du haut de son *Beg*, ses troupes défaites, ses milices dissoutes, il essaya un moment de se représenter la disgrâce et l'exil sous un jour flatteur, mais en dépit de l'indépendance affichée du personnage, la rupture restait à l'évidence son problème essentiel ; un défaut mal caparaçonné, qui expliquait sans doute pourquoi il ne s'était jamais remis du reniement de Pierre ni – puisqu'il arguait toujours que c'était elle qui l'avait trahi – de celui d'Hermine.

Je voyais une rage impuissante exciter ses membres : tremblant, bégayant comme s'il eût cru les limites du langage atteintes et ne s'y fût entièrement résolu, il paraissait mener avec l'Ange une lutte incertaine, et me rappelait l'agonie de ces protagonistes manipulés par la promesse d'un bref répit – ces morts de mille pages que leurs auteurs prenaient plaisir à torturer en agitant devant eux l'ivresse d'aborder une dernière fois aux « archipels sidéraux », pour mieux ancrer dans leur corps l'amertume sans fin d'un désir qu'il ne serait évidemment plus question d'assouvir.

À cet instant seulement je réalisai à quel point il avait changé : si les années n'avaient pas outrageusement modifié sa physionomie, l'intérieur avait vieilli, l'allant n'était plus là, et la pente aux autres, à présent, manquait d'inclinaison. Lassé des môles et des aulnes, il semblait s'être doucement laissé haler, arrimant son lit-cage à des fleuves qui ne l'avaient pas mené où il voulait ; si complaisant qu'on pût l'être, on ne voyait plus chez lui que l'infini haut-le-cœur des jouissances abolies, une mémoire bercée par des idéaux qui revenaient échouer devant lui leurs flots envieillis, mais n'entraînait plus aucun engrenage, ne produisait aucune force motrice et – comme l'appareil de Morel – se contentait de projeter l'éternel retour d'un couple fictif sur les reliefs d'une île abandonnée.

Enfin il se leva, et, sans cesser de me regarder par-dessus son épaule, fit un pas en avant, puis s'arrêta, semblant hésiter au seuil de quelque grand carrefour désert.

« Je ne sais pas, conclut-il abruptement..., il est trop tard de toute façon.

— Trop tard pour quoi..., trop tard pour qui ?

— Rien, oublie ce que j'ai dit, oublie, vraiment, je suis fatigué. »

*

Là-dessus il se tut et me laissa seul avec les fétiches qu'il tenait couchés dans la torpeur de sa bibliothèque, où une curieuse odeur de papier neuf se mélangeait aux habituelles moiteurs du manoir. Intrigué par ces parfums de casse chauds et encrés primant si étonnamment les exhalaisons de rigueur, je m'approchai des exemplaires dont les dos soignés montraient l'indiscutable cohérence intellectuelle, mais ne présentaient aucun défaut, aucune trace du jaunissement qu'eût forcément accompagné leur dessiccation. Ces volumes sciemment offerts au regard me mettaient mal à l'aise. Mais ce ne fut qu'en ôtant plusieurs tomes des étagères où ils arboraient leur stupéfiante jeunesse que je dus admettre cette folie, qu'avilis par les assauts solaires, ils fussent sitôt remplacés par un clone immaculé, faisceau de *pensées* dont l'inflorescence perpétuée dût à jamais bannir de ses planches le scandaleux ouvrage des ans.

Un poids désagréable comprimait ma poitrine. Je restai là quelques minutes, puis, sans chercher à comprendre ce qu'il espérait à travers eux sauver d'un irrémédiable oubli, reposai grossièrement les livres et quittai brutalement la bibliothèque afin d'aller respirer sur la plus haute marche du château l'air lustral de la marée montante.

*

Cette nuit-là, tandis qu'une houle époumonée faisait tintinnabuler les drisses des voiliers mouillés au fond du port, les murs répercutèrent l'écho fragile d'un pas errant dans les profondeurs craquetantes du château. Accoudé au rebord de ma fenêtre, je regardai mal éveillé le halo blanc des lampadaires éclairer a giorno le bras recru des grues sur le quai désert. Détournant vers la mer le clin d'œil régulier des balises littorales, les cabines embuées des palangriers creusaient au loin des puits d'ombre au milieu des coques. Tanguant aux confins du sommeil, l'univers entier semblait au seuil du repos, posé « sans crainte et sans vertige » sur la cime de l'été, vaincu par la nocturne insouciance du présent. Mais dans cette paix qu'on crût établie dans les espaces même les plus reculés du domaine, un sanglot assourdi perça soudain le cœur de la nuit.

Oscillant un instant, je m'arrachai finalement à la contemplation de l'étale et m'enfonçai dans les galeries du manoir, m'enquérant aussitôt des pleurs que contenaient si mal ses cloisons enténébrées.

*

J'arrivai juste à temps : devant les montants verticaux de la bibliothèque, je vis les mains gantées de Storvean tenailler un in-folio dont la lecture dut l'immerger dans les gouffres sombrés d'une nouvelle Ys. Quelle passion sauvage ces pages écartelées et violemment étreintes purent-elles bien lui inspirer qu'il les tînt *hors là*, telle une créature qu'il eût voulu posséder ?

Sans un bruit, les yeux étrangement fixes, il sortit peu après par la porte opposée qu'il maintint entrebâillée. Rien ne sembla plus alors déranger l'insignifiance surnaturelle des objets qu'une ombre amphibolique découpait dans l'austérité sépulcrale des lieux, quand affilant les tranchants de la Sterne, un rai d'argent parut lugubrement cliver les encombrants repères de son portulan.

Cependant c'est vers le livre qu'il avait fait tomber, omettant curieusement le soin qu'il apportait habituellement à toute chose écrite, que je me dirigeai sans tarder. L'ouvrage, jeté à bas sous l'effet d'une mystérieuse convulsion, arraché à la raison d'un être aiguillonné par d'inexplicables exigences intérieures, m'apparut d'emblée *posé* comme l'acte manqué d'un assassin. Mais s'il m'apprit ainsi ce que ma présence à ses côtés dut au besoin de confession qui l'étouffait, qu'espérait-il de ma part ? De quel obscur exploit pût-il se prévaloir aux yeux du monde ? Enfin que laissait-il à bientôt cinquante ans qui présentât quelque originalité dont j'eusse dû calmement témoigner ? Je saisissais fort bien la règle du jeu qu'il entendait m'imposer, mais (à présumer qu'on pût ôter la charge littéraire qui empesait le mot) je ne me sentais aucunement son « double » ; d'ailleurs, plus qu'un *outre-lui*, c'était un tiers qu'il cherchait, un intercesseur qui par-delà ses digues pût lui rouvrir les portes de sa Cité céleste ; enferré dans l'interminable apologie des interdits qu'il se croyait en devoir d'observer, il avait – dans un sursaut – réclamé qu'une main le sortît de la caverne où il s'abaissait, croupissant au milieu d'archers dont les ombres hellènes offusquaient l'entrain juvénile qui jusqu'ici avait alimenté sans redite et sans faux-semblants l'empire de sa volonté.

Je devais être *cette main*.

L'œil à l'aplomb du volume gisant dans la roideur du sol dallé de lune, je contemplai les pages empoisonnées qu'il avait rejetées dans la gueule de la nuit – jubilant sans doute de les voir s'écraser au sol comme des guêpes auxquelles sa chair piquée eût uniment volé le dard et la vie –, puis ramassant l'opus meurtri, portai moi-même à la lumière sélène son lettrage glacé ; à cet instant, dans l'opulent silence des bois qui subjuguait le chœur des vagues, un hululement d'effraie traversa les zones de pure obscurité du manoir pour s'achever au moment précis où – sous une jaquette figurant l'écroulement du royaume de Logres – je découvrais l'encart sur lequel Storvean avait écrit : « *Elle ne mourra pas tout entière.* »

Chapitre III

L'APPARITION

Il semblait appartenir à l'entre-monde, à l'incertain bestiaire des rêves expirants – fantôme de plumes pâmant les encres d'un somme déliquescent, signe esseulé dont l'œil bleu glace regardait l'onde écrue du drap avec lequel on l'eût d'abord confondu.

Ainsi l'oiseau découpait-il sur les carreaux de ma chambre sa silhouette reployée, quand hélé par l'aube il secoua d'un spasme le chaos failli des limbes, éloignant – comme s'il eût voulu présenter à la mer ses titres solaires innés – son manteau neigeux et le jaune éclair de son front bombé dans de somptueux battements d'ailes.

Aiguisée par l'éveil, l'habitude acquise des moindres craquements de Beg-ar-Coat me fit immédiatement comprendre qu'on avait vidé les lieux. Il me parut d'ailleurs inutile de pousser les portes de pièces que je présumais désertes pour être certain que mon hôte avait abandonné la place, donnant une telle entorse au rituel de nos matinées que je reliai naturellement celle-ci au déplorable épisode de la nuit dernière.

Je regardai l'anneau crénelé des rives émerger des brumes, sentant battre au-delà des toits le cœur scintillant d'un monde d'où l'angoisse dût être sensiblement bannie. Un trouble appel montait du royaume flambé des rocs niés par le fou qui les *dominait* – et, sans doute, ses planées d'ange délié confortèrent-elles aussi mon souhait de quitter un temple que l'Histoire avait indubitablement damné. Mémoire d'une passion rancie, son vieux corps d'élite fleuronné ne formait plus dans la pâte obséquieuse du temps qu'une longue châsse mangée des vapeurs matinales, et semblait n'éclore de la chair de Bretagne que pour tendre à l'ego de statues étêtées ses grands airs de tombeau et son cuir boucané.

*

Habillé à la hâte, je me mis en route sans autre regard pour le manoir, happé par les hautes orgues de la Pointe dont les psalmodies – refluant vers les sentes endeuillées de ses bois le silencieux augure des catastrophes – semblaient douer les roches tabulaires d'une aura druidique.

L'atmosphère déjà chaude faisait lentement renaître l'envie du bain qu'on sentait se propager au fil des grèves, où les cris d'enfants tôt levés fusaient dans l'air immaculé ; s'adaptant aux rondes bosses des galets, ils gravissaient des monticules instables, sautillaient sur les sables mouillés, puis cavalaient jusqu'aux buissons d'algues qui les séparaient du flot, cherchant par tous les moyens à hâter le retour promis des vagues. Et à les voir ainsi jouer dans leurs salons d'éternité comme des pendules que rien n'eût enrayées – aspirant au faîte où seule absorbe la contemplation du site élu –, l'envie me prit soudain de courir jusqu'à la cabane des douaniers (une carcasse de granit dont les baies ignorant Waterloo continuaient à scruter sans vergogne les sillages anglophiles), pris du vertige prémonitoire que je ressentais immuablement sur le flanc gardé des crêtes qui de toutes parts à leur pied regardaient miroiter les bleus de Sèvres.

Étourdi par les tombées d'à-pics, j'escaladai rapidement l'ancien poste de douane pour m'asseoir à califourchon sur l'arête affaissée de son toit, d'où l'on découvrait plus loin les aiguilles de Kernic. Insolente et sûre de son pouvoir, l'île agitait les âmes, semblant confier aux ondulations perverses de sa robe le soin de les perdre quand le chant entier de la terre s'était tu pour favoriser sa rencontre.

On ne pouvait ici réchapper au zèle du vent. C'était une vibration implacable, un *air* niant l'emploi des murs, une sarabande instillant dans chacune de vos fibres l'humeur suborneuse et traversière que transmettaient aussi (mais selon lui de manière autrement plus profonde, et insidieuse) les six romans de Warroc.

Espérant oublier la bibliothèque et l'affligeant tribut qu'elle avait hier levé sur Storvean, je restai juché sur ma monture de lauzes, sentinelle guettant au front des roches l'unique plage de l'île où l'on pût décemment accoster, mais dont les abords traîtreusement couverts étaient réputés extrêmement périlleux, et présentaient en sus l'inconvénient d'être exposés au vu de la seule habitation qu'on savait au-dessus – blasonnée de fougères arborescentes, mussée contre des schistes qui par les landes crépues que le soleil lissait subissaient, impavides, la fabuleuse passée des ans.

*

Dans mon imagination, l'île et son antre renfermaient depuis longtemps un pan vital du récit de Storvean... dont je commençais seulement d'entrevoir le vice occulté lorsque le diesel hoquetant d'un bateau minuscule rompit de façon tout à fait incongrue la paix régnant alors sur l'étale.

Pendant le long de leurs axes comme des feuilles mortes, ses voiles froissées offraient l'aspect infirme d'un ornement qu'une force extérieure eût dépourvu de toute utilité, et je doutai sérieusement que les chevaux étiques de son moteur – dont la cavalcade matinale couvrait si mal l'écho d'une persistante menace – pussent à eux seuls empêcher que cette coque sous-toilée ne se transformât en bouchon à la dérive. Tout cela m'apparaissait trop faible pour le grand large. Mais en reconnaissant la haute silhouette installée à la barre de ce voilier courant bout au vent vers les *serres* de Kernic, l'inquiétude m'envahit cette fois irrépressiblement : la singulière vie circulaire qu'il menait derrière les cloisons étanches du manoir rendait assez suspect le subit appareillage de Storvean pour une côte qu'il prétendait jusque-là soigneusement éviter, et je songeais que sa décision d'embarquer seul pour Kernic dut avant tout obéir au commandement de l'esprit chagrin dont il avait témérairement revitalisé les pouvoirs en libérant des rayons de son intimidante librairie les fureurs d'un livre maudit.

*

La tête envahie par ses pulsations d'orchestre agonisant, je sautai de mon perchoir pour pouvoir suivre la route qu'emprunterait le *Narcisse* une fois hors du chenal.

Ruisselant de lumière, le navire doubla d'abord le Rideau de fer, vira la hampe de Pennbraz, puis laissa porter vers les côtes de Kernic sur l'atterrage desquelles il se trouva bientôt.

Une heure plus tard, sa coque pendulait mollement sous les murailles de l'île, semblant exercer sur ses entrées certain charme narcotique.

La vie nulle au miroir des anses s'était abandonnée.

Rapidement mise à l'eau, l'annexe du *Narcisse* fila alors vers la grève, propulsée par Storvean dont la godille traçait à la poupe de petits « 8 » que d'étranges remous désenchaînaient en toupinant à la surface des flots. Je les perdis au moment où ils arrondissaient la face cachée de l'île.

*

Il racontait une histoire au sujet de ces glissements de proue. C'était peu avant l'exclusion de Pierre – quand leur trio par nul cadavre encore dépassé dardait sur Pennbraz ses pointes saturniennes, et que leurs vies semblaient à tous d'un seul tenant. Donnant l'impression d'appareiller pour Cythère, Pierre et Storvean gagnaient les rives sous lesquelles s'élevaient les ruines d'Ar Iniz : fondu dans la nuit anisée comme le bâti noir d'un vaisseau dans un port détruit, le cloître au clair de lune laissait deviner ce que fut hier *l'emprise* du monastère – n'en restait à la lisière des lames ensauvagées qu'un squelette d'ogives embrassé par les ronciers, un rêve d'arceaux livré aux feulements nuptiaux des chats errants. Passé les gravures d'ombres de l'îlot érémitique, ils remontaient jusqu'à l'embouchure de la rivière, où vivait Hermine. Et chaque fois, de s'imaginer ainsi *vu* par la femme qu'il aimait, Storvean sentait une décharge toute pure de pénétrante et suprême volupté lui traverser le corps. À la réflexion, il se pouvait qu'il eût aussi respecté là les étapes d'une sorte de rite scénographique ; la réalisation codifiée de *tableaux* susceptibles d'élever « *le souvenir* » à la dignité d'œuvre d'art (sans qu'on sût jamais si la jouissance que sécrétait l'évocation de ce dernier fut davantage liée à son vécu plutôt qu'au très romanesque récit qu'il en tirait). Ses accents pompeusement conradiens, son côté « Jeunesse-passez-moi-la-bouteille-de-rhum ! » alors qu'il n'avait pas trente ans, pouvaient exaspérer, sa vision portait. Quel que fût l'auditoire, la relation des pales transperçant l'eau bise de la Sterne en un froissement dont la perception ne dût arriver au cerveau que par le truchement d'une infime suggestion, entraînait sans réserve. Ce silence lunaire – neige tiède épandue sur les piliers éboulés dans l'ordre desquels dormait sa fée –, j'en avais *apprécié* la qualité jusqu'à la jalousie. Et la façon qu'il avait ici d'anoblir la vigueur de son geste en donnant le sentiment que la puissance de son bras n'infligeait qu'une caresse arabesque au dos de l'océan m'avait brutalement projeté vingt ans en arrière : Hermine..., qu'était-elle devenue ? Où restait-elle à présent ? Vers quelle Cornouaille mythique où l'oubli fût possible avait-elle décidé de cingler ?

*

Sans autre écart auquel arrimer ma rêverie, je m'enfonçai dans l'herbe ensoleillée, et durant que le murmure de sa vague d'étrave se mêlait aux stridulations des grillons, me demandai pourquoi il tenait tant à mouiller ce matin-là sous les ardoises dépigmentées de son fantôme de conte. Quelle était exactement la voix qui l'avait tiré de son étrange torpeur ? D'écouter l'aviron plisser indolemment la soie liquide ne m'apportait pas de réponses plus évidentes ; au contraire, ce qu'il ferait une fois débarqué m'encombrait d'un doute ressemblant déjà à du remords, l'agacement d'une obligation à laquelle je dusse déférer – n'en pouvant pourtant cerner le moindre de ses tenants ou aboutissants. Il m'arrivait d'ailleurs de penser que la voie sans fuite que nous frayions aujourd'hui dans l'ombre d'âges trépassés singeait la fatalité même du temps tristement synchronique dans lequel Pierre et lui dispensaient naguère leurs vies, ignorant les mouvements de l'autre, mais croisant sans cesse le fer de leurs droites dans l'espace réduit que les souffles insoucieux assignaient à leurs déplacements.

Sur cette pensée, je rouvris aussitôt les yeux, et sans prêter attention à ce qui dut n'être qu'un effleurement appuyé du vent sur ma joue, cherchai fébrilement où son canot avait pu aborder. Quelques cirrus étirèrent leurs châles perchés dans les hauts bleus du ciel que leur lainage pâlissait, mais comme ma quête manquait s'alanguir dans ces veloutements – percevant cette fois clairement contre ma peau le délicat frôlement de sa mèche insoumise –, je sus qu'un autre exil pour moi venait de commencer.

*

Chaque fois qu'elle apparaissait, Elsie brûlait ainsi qu'une traînée de lave le paysage avec lequel elle entrait en fusion. Et cette flamme aux langues doucereuses, qui feuillait d'or les cercles scriptés d'anciens sanctuaires, était là, blasphème allongé des runes oblongues, apposant ses courbes odalisques aux éléments modelés dans le *sfumato* qui sous l'effet conjugué du soleil montant et de l'absence de vent enrouait progressivement la côte.

Stupéfait de constater avec quelle incroyable facilité elle s'était imposée, je la regardais scruter, amusée, la scène que j'observais une minute auparavant avec une gravité qui lui était totalement étrangère. Comblant en quelques mots laissant accroire qu'elle vous avait quitté la veille le vide que son éloignement avait causé, elle paraissait en outre avancer sans aucun égard pour ce qui s'était *joué* avant qu'elle réapparût, et faisant l'économie d'une mise à jour qu'elle eût trouvée tout à fait inconvenante, reprenait, avec la sidérante capacité d'aucuns à chuinter les formes d'une sociabilité jugée lamentablement éculée, *sa place*, dont elle n'eût pas un seul instant imaginé qu'elle pût lui avoir été disputée.

Il y a des années, après un dernier bord de largue sous les arches de Loguériec, j'avais pris soin de me tenir à l'écart de ce visage familier ; jusqu'au jour où – soulignant d'un mot son ampérage déraisonnable – j'obtins des plus judicieuses secondes de silence de ma vie l'ineffable acquiescement du regard dont l'iris perforait mes nuits : le regard d'Elsie. Chacune de ses émersions constitua ensuite un défi qu'il n'eût fallu relever, parce qu'affaibli par le manque, il m'exposait inévitablement aux nuées ardentes de ses splendides éruptions pliniennes. Mais les préventions que j'avais à son encontre lorsqu'elle se terrait à des kilomètres de là dans l'épais cénacle des chancelleries où l'on finissait sans cesse par la perdre ne pouvaient guère peser dès lors qu'il me suffisait d'étendre le bras pour sentir sous ma paume son corps merveilleusement *livré*, offert à d'effrayants vertiges coralliens, et dont les charmes encanaillés par la lumière semblaient continuellement posés sur une ligne d'affront à l'irruption d'un deuil.

Blonde épiphanie surgie des mémoires de l'onde – dont on eût dit que la contemplation prolongée avait subitement matérialisé le spectre tanné d'affreuses concupiscences –, je l'écoutais respirer avidement sur le lit des roches qu'elle épousait, souhaitant maintenant que la nuit blanche qui tombait, attisant vainement l'espoir qu'elle pût nous garder de lui, emportât jusqu'au souvenir de Storvean. Sur quoi nous le vîmes hélas traverser la grève à larges foulées, tenant en bandoulière une forme étincelante dans laquelle, malgré la distance, l'aveuglement et le déni, nous reconnûmes l'acier dressé d'une arme que les buées parurent d'abord adoucir, caressèrent un instant, puis couvrirent soudain, de même que le jour en poignant eût précautionneusement voilé le schème d'un songe sibyllin.

La renverse approchait ; le désordre gagnait. La bienséance et la raison si notoirement maltraitées par Storvean, la surprise – la peur déjà ? –, et l'impression qu'après l'avoir vu fléchir sous sa bête noire, Elsie aurait tôt fait de se replier derrière une barricade dont j'avais amèrement testé la solidité, m'égaraient vers d'incohérentes conjectures, comme si les actes qu'il s'apprêtait à commettre eussent eux-mêmes répandu dans l'air une espèce de démence contagieuse.

*

De ce moment, une brume larmoyante commença d'araser les reliefs accidentés. À l'exception de Kernic, dont la croupe ardente brasillait insolemment sous son drap de cendres, la solitude des siècles s'était abattue sur Pennbraz. Les grouillements du port soudain réduits au délassement macabre des amarres s'évanouirent eux aussi dans la ouate, et le bruissement seul des pierres contesta pour lors l'imposant silence planant sur la Pointe : sur la lande embruinée, les grands *bétyles* pesant dans sa terre meuble semblaient pourvus d'yeux, d'oreilles et de bouches ; revenants statutaires et blasés devant l'éternelle érosion, ils trônaient magistralement parmi les palmes, vieux juges altiers qu'une séculière habitude encourageait à réprouver. Négligeant la vaine agitation des plages, la mer, à la surface de laquelle s'éployaient alors de larges flaques de mercure, fut la dernière à vouloir encore bousculer les chaires de ses rives ensommeillées ; sous les rocs embaumés avec lesquels – infirmant l'idée classique de leurs étreintes antagonistes – on eût dit qu'elle entretenait des rapports d'authentique et lugubre complicité, elle ondulait subtilement ses promesses pour mieux nous mener vers la ligne d'élision de la falaise, d'où succombant au recours de ses ruses maternelles, Elsie, talons joints calés contre un léger ressaut, disparut après une parfaite impulsion dans les profondeurs ombrées du golfe.

*

Je l'entendis m'appeler de bas lointains. Et tandis qu'elle me guidait vers ses plongeoirs tranchants, sa voix chantait l'affalement des défenses intimes, la résurgence de la faim, cette libération de l'élan singulier qui dût enfin plier le sort à nos volontés ; comme une injure au destin Elsie m'invitait au bain, et je savais que le saut qu'elle m'empressait d'effectuer dans cette vaste conque inondée par la marée ne me verrait pas reprendre pied sur la côte inchangé.

Nous allâmes sans parler, sentant nos membres frissonner dans l'eau froide et translucide quand nos poitrines affermies par l'effort se dilataient pour mieux servir notre précipitation. À midi, « le ciel et la terre avaient disparu, et il n'y avait plus de mer ». Un imprudent désir de révélation soutenait les mouvements symétriques que nous effectuions vers Kernic, dont l'esprit levé des matériaux bruts ne cessait de me hanter. Seuls sur le fil glacé des courants sous-marins, nous évoluions sans réfléchir aux limites du non-retour, battant les eaux de toutes nos forces, chacun entraînant l'autre dans une nage effrénée dont le seul but parût de taire la vérité que l'île tenait emmaillotée sous son linceul d'été. Bientôt, mêlé aux cris sporadiques des sternes qui tournoyaient dans l'opaque moiteur, le ressac signala les roches antérieures de Kernic. Un étrange repentir – comme si par-dessus l'invisible agitation des vagues nous eussions perçu *l'anormale régularité d'un mouvement humain* – alentit ici nos brasses. Tout à coup, Elsie étouffa un cri, et j'eus à peine le temps de plonger moi-même sous sa proue pour éviter les œuvres de Storvean – qu'on crût les seules à jamais pouvoir imprimer un sillage à la surface du monde qu'il disait l'avoir dédaigné.

Visiblement repu par sa dernière ingestion, le brouillard qui venait de dérober l'annexe du *Narcisse* à nos regards se distendit, lentement déchiré par des perles de soleil et des lames de ciel clair. La houle, joignant ses courbes résiduelles à la poussée du flot, nous déposa doucement devant les coffres de guingois du vieux cimetière espagnol dont nous avions heurté les croix avant de nous lancer à la mer. Là, séchant sur la plage nos visages tirés par le sel, nous connûmes une de ces pauses avaricieuses où l'on sent soudain la fatalité s'abîmer dans le rapetissement des ombres – mirage griffu dans l'évaporation duquel nous dûmes réaliser que, même si cela avait été bien près de se produire, *ça n'aurait pas été pour cette fois.*

*

Rêvassant sur les sables bruns, nos épaules jointes offertes aux rayons du soleil bouffant, nous n'avions plus aucun souci de la présence éventuelle du potentat local, jouissant comme autrefois d'un titre de propriété que nos corps *exposés* usurpaient éhontément. Il y avait un plaisir particulier à sentir le sang refroidi par la Manche reprendre sa course vive à travers nos veines. L'effacement de Storvean ayant écarté toute menace de cette luxueuse sauvagerie, l'espace sembla momentanément renaître dans l'embrasement. Devant nous, des tournepierres en maraude harassaient tout ce que leur bec pouvait trouver de chère et tendre avant qu'une langue d'écume ne refluât d'un coup leur noce piaillante ; et suivant d'un œil calmé les sautillements du ballet échassier, toute vigilance abolie, nous nous assoupîmes au son des trilles qu'accompagnait l'inlassable et sourd tambour des eaux.

*

Vers treize heures néanmoins, un sifflement plus vif alarma les grands pins : échevelant les houppiers, la brise soumit à son chant capricieux la bohème mal armée de rares navires dont les lignes chahutées par les martèlements moutonniers du clapot m'apparurent augurer d'imminentes détresses. Remettant dès lors à des jours fragiles l'absurde espoir de l'embrasser, je m'apprêtais à regagner Pennbraz lorsqu'attiré par l'insolite réflexion d'un rayon lumineux, je me tournai vers la maison forte de Kernic, absolument déconcerté par une main qu'*on* appliquait pesamment sur l'une des baies en contrebas desquelles nous nous trouvions. À cet instant, Elsie éclata de rire : cette main, cette trace, cette peur n'étaient qu'un jeu pour elle qui savait tout quand je ne comprenais rien. Elle trouvait simplement excitant d'imaginer qu'Il était là, lui, le corrupteur, la présence-absence dont les songes semblaient avoir réduit Storvean aux répétitions d'un accomplissement par procuration. Sitôt levé, l'auteur et l'île m'étaient d'ailleurs apparus comme les pôles inversés d'une histoire qui voulût successivement les opposer et les réunir, cherchant par le dangereux assemblage de leurs métaux à provoquer une détonation : chargée de mystère et d'animosité, la consonance du premier ressuscitait des Marches « le bruit d'un nom qui porte le malheur », quand la seconde opposait la douceur de son fruit à la face bréhaigne des eaux, et contribuait en mûrissant au vent des wharfs *à justifier l'injustifiable*. Or, c'était ce fantasme réverbérant, ce briseau de roche jailli des monts qu'avait choisi d'habiter le « grand homme », l'écrivain des sondes, la plume ombrée des fleuves noirs, la voix lascive des guerres oubliées, un être sans visage ni passé dont la main revenue damer ses pions venait à nouveau d'abouter les sommets d'un triangle fatal : WARROC !

Chapitre IV

L'ENCLOS

Nous épargnant d'avoir à prononcer des mots dont l'insinué nous eût prématurément contraints à endurer l'effet, un vaste front dépressionnaire balaya les côtes bretonnes, transformant le ciel en une chape grise zébrée d'embruns folâtres, que de forts vents d'ouest rabattaient en sifflant contre les verrières de Beg-ar-Coat. Huit jours de long, des grains hallebardiers scandèrent les marées, bâillonnant sans pitié les issues ménagées dans la voûte par de minuscules accrocs de lumière. Craignant sans doute plus que de raison le déferlement profus d'intempéries restreignant les éventualités qu'offraient jusque-là nos matinées gorgées de soleil, nous vécûmes ces aléas coulés dans l'encre plane du manoir, envisageant même avec une certaine jubilation le confinement qu'ils nous imposaient – voyant dans cette mouillure vivifiante l'occasion de recouvrer une acuité dangereusement émoussée par les flatteries lénitives de l'été.

Reclus dans nos quartiers de brumaire, devant un thé dont la liqueur mêlait ses flammes à celles du salon, nous méditions mollement, lorsqu'un soir, quatre coups frappés d'une main de bronze à la porte du *Beg* nous firent sursauter. Nous entendîmes la porte gémir, se refermer lourdement, puis écoutâmes statufiés le parquet grincer. Les pas approchèrent, hésitèrent un instant, puis reprirent affermis, projetant soudain dans la pièce une forme jaune, encapuchonnée, trempée, bougonnante.

« Veillée mortuaire ? s'enquit-elle, lançant sur un guéridon déjeté son vieux ciré ruisselant.

— Elsie ! protesta Storvean. »

Savourant visiblement son entrée, elle inclina, faussement contrite, la tête sur son épaule droite, et s'assurant qu'aucun visage ne lui manquait, reprit en chuchotant :

« Je vous dérange, vous discutiez ? »

Storvean sourit malgré lui, répliquant d'une voix dont le vibrato (que sa lenteur d'élocution tentait pourtant d'atténuer) dénotait une singulière anxiété.

« Tu es l'être au monde le moins désolé de déranger qui que ce soit.

— C'est vrai. Et vous m'en saurez gré, c'est sinistre ici. On se croirait sur le *Titanic* – après l'iceberg.

— Le temps, dis-je en bâillant.

— Non, vos airs de *feux défunts* ! »

Elsie s'enfonça dans l'un des fauteuils, portant à ses lèvres la tasse de thé fumant qu'elle m'avait prise au passage.

« Mmm… Trop chaud. Alors, que devenons-nous ? »

Elle nous enveloppa d'un regard où l'on eût dit que l'anodine curiosité le disputait à une sorte de bienveillant apitoiement.

« Trente ans après, on s'attendrait à voir des gens au sommet, sages, mariés – couplés au moins –, renommés, accomplis… ? »

Crépitant d'aise, les flammes seules parurent disposées à lui répondre.

« Oui, bon…, ou carrément désespérés, ruinés, divorcés, battus, oubliés…, non plus… ? Je vois : à défaut de porter son suicide en bandoulière, on se sera plutôt vautré dans le *mi-lieu* – mi-vivant, mi-mort ; mi-là, mi-pas ; mi-satisfait, mi-non, non ? *Quite disappointing, predictable of course, but still, disappointing.* De quoi parliez-vous, au fait ?

— De rien, nous t'attendions, railla Storvean.

— Vous avez bien raison. *Chuuut*, fit-elle, un doigt sur ses lèvres ; ne parlons pas, n'ébruitons pas, n'osons pas, ne tentons rien ; taisons, scellons toujours, et par pitié, *ne dérangeons pas nos cercles !*

— Et toi ? demandai-je naïvement.

— Mais je parle, chéri, plaide, pose, peins, peine, vous plains, une vie pleine, tu vois ?

Storvean se leva doucement, avala une gorgée de thé sombre, comme pour recolorer ses joues que les derniers mots d'Elsie avaient semblé pâlir d'un coup.

« Elsie, Elsie, Elsie…, cette faculté d'asséner ! lança-t-il énervé ; parler, hein ? De quoi ? Qu'est-ce que tu veux entendre ? Qu'on n'aura rien produit de sérieux ? Qu'on se sera noyé avant l'île visée ? Pourquoi crois-tu que vous soyez là ? Pleurer nos étés ? Fustiger l'époque en arborant rides et mines de circonstance ?

— Parce que tu veux nous faire croire qu'il y avait une intention là-dessous ? répliqua-t-elle avec une désarmante vivacité.

— Ça, si tu voulais bien nous éclairer… », ajoutai-je sombré dans ses coussins.

Les yeux fixés sur la cheminée, il ignora ma remarque.

Au reste, je me faisais depuis le début l'effet d'un promeneur qui, traversant un bois à l'aube, se fût retrouvé au milieu d'un duel au motif duquel il n'eût absolument aucune part, mais dont les balles risquaient de l'atteindre aussi sûrement que ses antagonistes.

« Quoi ? fit-il en se tournant brusquement vers Elsie.

— Vraiment, tu prépares quelque chose ? » l'interrogea-t-elle un ton plus bas.

À son tour, Storvean parut goûter en connaisseur le silence qui suivit. Son œil pétillait dangereusement.

« Arrête, reprit-elle enfin, tout le monde ici a passé l'âge.

— L'âge ?

— De faire des coups d'éclat. Il y a un âge pour les coups d'éclat, cher, et un âge pour s'en souvenir. Regarde-nous !

— Recrus des coups du sort, lançai-je, tentant, à mon habitude, d'alléger un échange dont l'aigreur même trahissait entre eux un degré d'intimité qui m'était insupportable.

— Laisse tomber, Arthur, poursuivit Elsie d'une voix blanche, laisse filer ; sors de tout ça, de toi, *de nous*, de ces années. Je ne sais pas, écris, navigue, rentre dans le rang, les ordres…, ou le désordre, mais *for God's sake*, décide-toi !

— La dernière fois que j'ai cru…

— C'est du passé, Storvean ! » s'écria-t-elle.

Leurs allusions m'exaspéraient, le sentiment d'exclusion qu'aiguisaient leurs passes mouchetées me décourageait de creuser leur moindre mystère. D'ailleurs, je ne sentais rien en moi qui fût assez solide pour qu'on pût s'y heurter, aucun mot suffisamment dénué d'équivoque pour être prononcé, rien qui vaille la moindre mise. J'étais au milieu de ces poseurs voraces comme le rongeur sous l'œil du rapace.

Dans l'âtre, égal, avide, obstiné, le feu ronflait, ajoutant ses clappements de bûches à leur jeu de proie. Je m'apprêtais à quitter la scène quand j'entendis Storvean marmonner :

« C'est que… ce "*passé*" n'est peut-être pas si sûr, Elsie.

— Peu importe, *dear*, *Jim* ou *Marlow*, il faut choisir. »

Le regard de Storvean se perdit à nouveau dans les flammes ; je l'imaginais anéanti – il aurait *dû* l'être –, mais il ricanait devant elles, comme irradié par quelque inexprimable certitude.

« Je ferai prendre tes bagages demain matin, conclut-il rasséréné ; tu logeras ici, ce sera plus… simple. »

*

Les jours filaient. Le temps restait exécrable. Les salles du château que les nuées submergeaient de frayeurs patentées étaient traversées d'échos étranges ; et quoique l'innocuité de ces grincements de couvent noir semblât à tous évidente, certains sons – dont nul n'osait identifier l'origine – instillaient dans nos cœurs un sentiment pâteux d'intranquillité.

L'installation d'Elsie à Beg-ar-Coat (qu'il avait pourtant souhaitée) parut alors modifier sensiblement les habitudes de Storvean. Il disparaissait des heures durant sans que nous pussions dire où il se trouvait ni à quoi il occupait ses journées, et la retenue qu'il montrait désormais en notre présence cantonna vite nos échanges aux futilités de comptoir.

Ainsi forcés de vivre enclos dans ce climat de guerre larvée qu'on voyait immanquablement succéder à nos petites altercations, nos relations se réduisirent au détestable affichage d'une courtoisie de façade, rivée comme une armure, et agaçant les dents, mais à laquelle nous nous accrochions comme au secours de la religion – chacun appréhendant la douleur plus vive qu'eût sans doute éveillée le dévoilement de ses propres conclusions.

Vers la fin d'août, nonobstant, l'atmosphère du manoir ne nous fut plus respirable. Aussi souvent que possible nous en fuyions l'enceinte cachetée pour nous perdre dans les fronces qui séparaient les bords de mer des bois d'Uhuel, retrouvant avec bonheur la végétation de grand chemin conquérante et populeuse qui tirait à travers champs ses longs traits verts dégouttant d'eau de pluie. Repérant au premier coup d'œil la corolle arachnide des fenouils dont nous aimions mordiller la tige anisée, nous longions les remblais, cherchant un palliatif dans les bouquets de menthe fraîche ou les fleurs d'aubépine, que la frise ennoyée des ronces s'échinait à préserver des imitateurs.

À la longue (et peut-être davantage encore que la bruyère ou l'ajonc) ce petit peuple aromatique finit d'ailleurs par m'apparaître indissociable de ces sentes diocésaines qui serpentaient au bord des failles, et creusant leurs layons à travers des franges où n'eussent filtré les trop faibles sourires du front, bronchaient sur des oratoires à demi croulés sous la friche verdâtre et filandreuse des rudéraux. Il résidait en outre dans l'étrange collusion entre les ruines dressées autour des landes et l'assaut lépreux de cette roture végétale qui en léchait avec aplomb les murs décatis quelque chose d'infiniment tragique, un nœud pouvant aussi bien *signifier* l'impossible digestion d'un secret de famille, l'un de ces non-dits obscènes qu'on ne savait jamais qu'imparfaitement couvrir et sur lequel tôt ou tard un pied obstiné reviendrait buter.

*

Un jour que nous cheminions tardivement sous la bruine, un frisson aigre parcourut ma colonne, me faisant brusquement percevoir – comme si l'épineuse contraction qui venait de me raidir m'eût enfin permis de la *considérer* – l'étendue peu commune de l'ombre à laquelle nous serions bientôt confrontés.

Elsie marchait devant moi, s'informant de temps à autre – d'une voix qu'on eût dite celle d'un dieu très ancien – « *si je souhaitais rentrer* ». Parfois, je la voyais s'arrêter pour suivre l'hermétique circonvolution d'un goéland, et tandis qu'en marquant l'intervalle je l'entendais lâcher dans l'air épaissi des mots que je ne saisissais plus, cherchais alors ce que je faisais là, ce qu'elle ourdissait en silence quelques pas plus bas, et dans quel but nous demeurions tous deux prostrés sous ce dais lugubre et froid.

Obéissant finalement à un signe de sa main, je comblai l'écart qui nous séparait à faible allure. « Madone aux fresques des murs », elle rayonnait dans l'éphémère suspension du soir comme l'or flammé d'un ciboire ; j'aurais pu l'attirer contre moi, la serrer dans mes bras, l'enlacer sur les tombes de sable, et ne faisais que l'observer, ridiculement distant, négligeant ses yeux ciel, miroirs d'aubes dont la lueur eût débâclé l'eau pâle qui vieillissait en moi – comme si l'aboiement pulsé de quelque dogue accouru des brumes m'eût subitement décontenancé. Paralysé, je regardais sa gorge – haute encore, et comme prédisposée à l'amour – vallonner la laine marine d'un pull dont la maille armoriée représentait pour moi tout ce qu'Elsie pouvait inspirer de saint et de chu, fixant moins l'image ailée d'une idole qui dès l'instant pût adoucir l'inéluctabilité du sort que l'essence évaporée d'un antidote dont j'eusse moi-même brisé le contenant.

Nous restâmes l'un en face de l'autre, transis, bras ballants, cherchant dans l'impudente virginité des statues comment résister au devenir vers lequel nous marchions *réticents à grands pas*. Car, quoique nos vagabondages à travers les solitudes pluvieuses parussent nous garantir durablement des dangers de Beg-ar-Coat, la présence invasive de l'énigmatique *vis-à-vis* de Storvean suggérait bien que nous ne pourrions plus très longtemps nous soustraire à l'obligation d'en décrypter les trompe-l'œil.

Bientôt, ondulant ainsi qu'une couleuvre glacée le long de nos chairs, le vent desserra notre rang. Un souffle affamé renflait nos poitrines. Rendus aux brises, nous regardâmes les corbeaux chanceler un moment sous leurs nuages de suie, puis délaissant l'ampleur du rivage et la route filant par-delà l'orée le noir dessein des bois, nous engageâmes plus avant dans les parcelles remembrées, comme habités par un murmure forclos du monde uni des vivants et des morts – qui vertement nous eût enjoint de nous remettre en mouvement.

*

Plusieurs fois nous eûmes la déplaisante impression d'être suivis ; une sensation bizarre sur ces marges que les coups de suroît dussent avoir proprement vidées de leurs habitants. Mais depuis le début de la dépression, tout prêtait à confusion : chassées par les vents, des ombres volantes se mélangeaient au ciel crasseux, et le soufflement funéral des peupliers ajoutait aux rumeurs torrentielles d'éléments qui tous ici prétendaient à la tessiture de la voix lorsqu'elle se plaint ou qu'elle effraie. Graves et lents sous la pluie grêle, nous nous efforcions d'oublier nos chimères, quand au détour d'une colline se détachèrent soudain les abat-sons d'un clocher dont l'appendice – qui ne pût servir d'amer qu'à l'occasionnel promeneur de ces lieux égarés – m'apparut plus que singulier. Blotti au creux d'un val mantelé de sauges et d'arbousiers, rompant assez durement les arrondis du paysage et refluant comme nulle autre à l'entour la tentation de l'espérance, la présence de cette tour haussant d'un jet vers les cieux ses couronnes ajourées constituait bien en soi une petite énigme. Car l'Église sur ses sols propices s'abaissait rarement de la sorte, fût-ce pour se protéger des tempêtes ; le plus souvent elle s'affichait, résonnait, défiait, capturait, cependant qu'ici au contraire, malgré la solennité de l'index qu'elle pointait sur la grisaille avec l'élégance sommée d'un phare de haute mer (et pour lequel nous éprouvions depuis quelques lieues une attirance trouble), défendant une certaine idée du rejet ou de la vanité de la lutte, elle se terrait, vaguement honteuse, paraissant elle-même ne plus guère croire à la communion des fidèles.

Cap sur la nef à présent, nous allions dans un profond silence. Par endroits, une brèche ouverte dans le treillage serré des arbustes découvrait la vaste idée des grèves où, çà et là, le pied botté d'infimes gratteurs de coques imprimait le *farz* que les lames de retour submergeraient bientôt. Chaque fois, ces instantanés volés aux haies branchées des rades mortes – qui tous à leur manière témoignaient de l'impensable retour de l'été – renforçaient notre volonté de fuir la vacance des mouillages. Seul le hameau de Plouguermeur, vers lequel nous entraînaient nos pas somnambules, semblait pouvoir dégrever notre sommeil d'un songe devenu trop lourd.

Un puissant refus, la résistance animale, prégnante, du condamné marchant au supplice, parut alors retenir Elsie. En un instant, un reflet semblable à celui d'un or mal acquis – le chatoiement inquiet d'une infamie que je perçus avec écœurement et (fallait-il l'avouer ?) certaine *affinité* – empourpra la couche superficielle de son fard que de fines craquelures altéraient. Dès lors, ce bourg perdu, dont Storvean nous avait vraisemblablement caché l'existence, se para pour moi de qualités fantastiques ; il devint la croix sur la carte, l'emplacement inattendu d'une cité dont les portes dérobées au regard de l'océan se fussent ouvertes sur d'étranges éternités, où ce qui dût à jamais dormir ne fût peut-être pas encore mort.

*

Rapidement oppressés par l'exclusive paix de béguinage de ses cours – où l'on crût entendre la main des Ève tombées broder en sourdine leur dentelle rédimante –, nous décelâmes tout de même dans ce village sis autour de son enclos paroissial un havre isolant des vagues et du vent, qui sur nos pas avaient semblé s'enfler d'un motif tout puissant.

L'accablante compacité du centre accroissait à chaque pas le sentiment qu'un haut mystère planait sur ce lotissement claquemuré, dont les ruelles désertes donnaient à notre arrivée des airs d'intolérable intrusion ; l'humanité saisonnière qui d'habitude animait ses artères – offrant sûrement aux regards indigènes le spectacle de son itérative migration vers les plages environnantes – paressait, usant des tarots dont les atouts fraîchement exhumés ne suffiraient probablement pas à faire oublier l'absence du soleil qui dans ses grands jours aveuglait à cette heure le *quadriskell* du mur-pignon.

L'empreinte de Storvean se lisait partout dans l'orgueilleuse réserve de cette villégiature séculaire. On sentait sa présence alentour de même qu'on l'eût sentie tapie derrière chaque pierre de son « *manoir aux alouettes* » – ce grand corps lithique dont les collatéraux fouillaient de leurs sidérantes pupilles dilatées, de leurs yeux encreux de cathédrale, le chœur profane d'Uhuel. Et la manière iconoclaste de se poser en indice sur des chemins qu'il avait à l'avance tracés, le mépris dans lequel il croyait pouvoir tenir nos choix en les pliant à ses exigences névrotiques, enfin l'idée qu'il pût m'imposer un rôle à dessein de pouvoir placer en toute impunité sur le puzzle tragique de sa vie la pièce manquante qu'il s'évertuait à dissimuler, me révoltaient sourdement.

Cependant le ciel se fit plus comble encore. Les derniers palmipèdes voltigeant dans la limaille s'étaient éteints en un battement d'ailes avec le reste du règne animal, et seul le rempart de galets obstruant la plage des Engoulevents, roulé, brossé, concassé, maintenait la fiction d'une espèce luttant contre les charges d'un agresseur démesuré, qui rugissait dans l'ombre comme un ogre de conte.

*

Bientôt nous nous trouvâmes devant le porche monumental du clos, où deux évêques nichés à hauteur d'yeux dans le granit luisant des piliers penchaient sur nous un visage tavelé de lichen roux. Je n'osai chercher par quelle soudaine déviance du passé leur œil fendu put à ce point précis me rappeler celui des soleils que Storvean regardait autrefois ensanglanter le ventre énorme de la mer, cette panse bleu sombre infatigable, agitée de soubresauts postprandiaux, la mer : utérine, immense, insatiable, qu'il paraissait appeler comme on appelle sans risque à vingt ans la fin du monde connu, espérant diluer ses maux héréditaires dans l'aqueuse impermanence dont – assez effrayés – nous le voyions embrasser la morgue jusqu'à la démesure.

Une larme alentie par le froid coulait sur la joue d'Elsie quand, *obligés* par ses gardiens à crosse, nous franchîmes l'arche et pénétrâmes l'espace relégué du parc, où les filets d'eau dégringolant à verse des vasques superposées d'une fontaine sans âge nous coupèrent totalement du monde extérieur.

*

Au sommet du tronc, tendant sur nos têtes des bras qu'on eût dits alourdis par quelque gargantuesque apostolat, un vieillard affreusement contrefait exposait ses gibbosités au ruissellement des eaux dont les frétillements d'anguilles rendaient un peu plus haïssable l'équivoque Charité par laquelle il nous pressait d'investir cette désolation consacrée.

D'abord retenus par la représentation du patriarche qui paraissait moquer l'importance que nous osions encore accorder à l'absurdité d'une vie si foncièrement transitoire, nous nous arrachâmes à l'envoûtante contemplation des fonts pour nous rendre devant l'autel de la chapelle levée au nord du porche – sur la pierre duquel un œil-de-bœuf dégorgeait depuis l'abside de grosses goulées de vent frais et lucide.

Par la lucarne nous suivîmes un moment le quadrille des nuées : un galop d'équidés dont la troupe polymorphe passait derrière l'oculus mors aux dents, abandonnant sur la toile bouchée du ciel qu'il encadrait de longs crins échevelés. Puis une *mante religieuse* – le surplis d'ébène de quelque prêtre affolé par les vapeurs de cette danse de Saint-Guy – traversa furtivement l'écran béant ; restée en retrait, Elsie s'avança vers moi et – la bouche fendue de ce sourire de *Joconde* compassionnel et blasé qu'arborent en entaille ceux auxquels il est donné trop tôt de percer les grands secrets de l'existence – me fixa soudain comme si elle voulût détourner de son noir objet la mauvaise curiosité que sa cape m'avait inspirée.

Interdit, je l'amenai tout de même jusqu'au rebord de la fenêtre où s'encadraient les premières tombes du cimetière ; là, hors d'état de rien dire, brusqués par les coups de vent qui tamponnaient âprement l'embrasure, nous distinguâmes enfin le front penché d'un pénitent dont la mèche rebelle donnait à l'extravagante beauté de l'ovale qu'elle flattait le caractère ambivalent qu'un ange de perdition pût seul ici revêtir. Fasciné par le buste arqué de cet abbé rôdant des bruines qui bousculait l'ordre euclidien de ce clos sépulcral si peu et si étrangement dérangé, je m'éloignai d'Elsie et, sans savoir exactement ce que j'allais faire, quittai l'oratoire pour marcher sur lui, singulièrement convaincu qu'il nous aiderait à nous dégager des mailles à travers lesquelles lui-même semblait avoir passé sans encombre.

Je remontai les travées étroites jusqu'à celle qu'il avait visitée : personne. Le grand champ croisé paraissait toujours plus vide, et les remplages du vaisseau central, que les rafales martelaient à intervalles réguliers, renvoyaient le son fade et pénétrant des béliers tenus en échec. À cet instant, un puits de lumière creva la cloche de plomb de la perturbation, inondant subitement l'enclos au fond duquel je crus voir disparaître l'inconnu, dont l'image éclatée, fondue dans le soleil et dupliquée à l'infini constella ma rétine d'obscurs feux follets. Aveuglé, je ne pus qu'abaisser mes yeux vers l'austère géométrie du marbre sur lequel j'avais achoppé – qui dépouillé de tout ornement n'était insulté que par l'enrayure profonde des capitales formant *à peine* le prénom d'HERMINE.

*

Malgré les bourrasques abattant ponctuellement de lourdes gifles ensablées sur tout ce qui n'était pas couché, je ne pus avant longtemps me décider à rompre l'immobilité dans laquelle m'avait plongé la terne combinatoire de ces lettres reposant ici leur corps gravé sous un ciel de Gand ; je restai silencieux devant la pierre, souffrant d'avoir été piégé, manipulé par Elsie (par Storvean aussi sans doute), par l'implacable mue des faits moribonds qui éclataient à la face du présent avec une vigueur nouvelle – et possédaient l'étrange jeunesse de « l'éternel retour du même »… en pire.

Enfin, je me tournai vers Elsie : son visage, ses yeux placés en travers de ma route comme deux récifs sur celle d'un lougre qui ne pût les virer à temps, me désarçonnèrent. Je n'étais plus en face d'elle qu'un mélange de colère et d'abattement dont je ne savais quel composant dominerait l'autre et finirait par l'anéantir. J'étendis alors ma main vers ses cheveux en fuite, croyant adoucir d'un geste la question que je m'entendis formuler comme s'il se fût agi de la voix d'un autre (une articulation qui bien plus que celle du dormeur éveillé dut appartenir au pur registre de l'hypnose) :

« Pourquoi ne m'as-tu rien dit ? »

Elle intercepta mon poignet et l'écarta d'elle, excédée :

« Oh arrête ! Tu serais allé au bout de ce chemin de toute façon. Et tu ne m'aurais pas écoutée. Vous vous ressemblez tellement. Ne rien voir – ne rien *dire*, surtout ; le même besoin d'enfouir l'essentiel, de tourner autour du pot en croyant sauvegarder vos vieux jours quand vous sacrifiez seulement ce que vous pensiez garder d'incorruptible à votre égoïsme borné. »

Incapable de saisir quel mystérieux équilibre chimique ses mots avaient voulu rompre, les mâchoires horriblement contractées sous mon masque de constance, je tentai maladroitement de reprendre pied :

« Parce que tu prétends me connaître à ce point ? »

Et après qu'elle releva mon menton d'une main, détachant chaque syllabe de sa phrase comme elle eût planté des clous de foudre à mon front, la tête dans un étau je l'entendis rétorquer :

« Comme si je t'avais *fait* ! »

*

Le malaise entre nous fut long à dissiper. Empruntant des sentes dont la trace fragile se perdait sous l'onduleuse arcature des fougères, nous remontions vers Pennbraz par la côte, où le songe blanc qui dévastait Storvean ne fut sans doute jamais si près de nous emporter.

Tout était naufrage dans les lignes contrariées du paysage qu'Elsie semblait lire avec l'habileté d'une devineresse perçant à jour celles de la main ; effleurant à peine les crêtes de notre univers minéral, évitant le tranchant et le branlant comme l'eût fait un être surnaturel et non inféodé aux conscients impératifs de la marche, ses pieds heurtaient d'instinct la place qui leur était assignée, affichant en bondissant une assurance que n'entamaient pas même les bourrades du vent. Un vague effroi me prit à regarder ensemble le linge scabreux des « lavandières » sécher au large sur leurs étendoirs d'étraves, les rouleaux exploser sur la raie des plages où ils rendaient un peu du sang des noyés, et la côte accueillir dans la pose d'une comtesse russe en exil les bavures spumescentes de ce monde uchronique et bourrelé par les lames de fond.

Régulièrement – mes bottes s'enfonçant dans le sable sur lequel la mer traçait en s'inversant des glyphes lapidaires – je trébuchais sur la ligne flasque des découvrantes, progressant avec le sentiment d'effectuer un chemin de croix à la place d'un autre parmi ces rocs où la dulse et l'anémone saignaient d'abondance entre les patelles. Au bout de quelques minutes, malgré les risées contre lesquelles on avançait péniblement, je parvins à rattraper Elsie, et trouvant sa main, souhaitai soudain que cela seul tînt : ses doigts refermés sur les miens, sa main gauche voletant au-dessus des cristes-marines, cette main sans tache semblant attendre légèrement en arrière de sa hanche qu'on la recueillît, sa main libre, vierge de crime, râlant ainsi qu'une amarre prête à se rompre, et qui serrant la mienne à mesure qu'elle tournait pour moi les pages odieuses d'un livre dont j'eusse voulu tout ignorer de l'intrigue et du décor, du déroulement et de la fin, dût en jetant ici ses pierres de scandale dans le lit du temps colmater les brèches du passé de Storvean.

*

Sa conversation, secouée de fulgurances dont je ne laissais pas de m'étonner, brillait d'un éclat surnaturel. Elle avait l'art surprenant et presque militaire d'évacuer en une ou deux formules la complexité de problèmes touchant aux gouffres de l'existence, et j'étais ébahi qu'elle pût chaque fois trouver à nos réflexions une terminaison nerveuse inattendue, par laquelle elle précipitait le fatras d'évidences que les raisonnements égrotants de Storvean ne se donnaient plus la peine de questionner.

D'après elle, la disparition d'Hermine – qu'on avait aperçue dans la Sterne un soir de décembre, ses os naufragés glissant entre les perches noires des bassins huîtriers – jeta Storvean au bas d'une alpe dont il pensait que sa « voluptueuse erreur » dût à jamais lui interdire les cimes. De ce moment, vorace et revêche à tout endiguement, il n'avait plus été qu'une marée basse, une enclave privée d'irrigation, un désert qui – réclamant son dû – l'obligeait à ramper solitairement dans les jonchaies, où parmi les sarcelles il guettait le trait rédempteur d'improbables *perces-val*.

Il avait donc fui, abdiqué, se repliant des territoires qu'il avait occupés à l'acmé de son règne pour s'abîmer dans ses souvenirs banaux et ses « jeudis de Guermantes », auxquels (s'efforçant d'effacer la responsabilité d'une mort qu'ils eussent pu, de fait, lui attribuer) il sacrifia ses derniers vassaux. L'âge faisant, ses beaux ténébreux perdirent leur superbe, et la traîne fastueuse de son prince d'Aquitaine ne montra plus de reste qu'un velours rapiécé, doublé d'hermine et rongé par les mythes. Était-ce « l'image force » qu'il pensait garder en refermant ensuite sur lui les portes de Beg-ar-Coat ? Mais, quelle que fût la rigueur de son jointoiement, le sarcophage qui pût hier lui donner l'illusion visuelle d'une formidable herméticité semblait maintenant tout près d'évader la fée du songe qu'il crut ici perpétuer.

À cette idée, l'acier du ciel me parut en vain revêtir une signification plus sourde.

Qu'aurais-je pu faire pour soulager ses maux ? L'indifférence que j'avais toujours affectée à l'égard de la faute ou de la vertu me faisait douter qu'il m'eût rappelé pour tenir auprès de lui un rôle que je n'avais su jouer par le passé, et je devins vite persuadé que ma présence en ces lieux devait moins à l'espoir que je pusse remettre (quels qu'ils fussent) les péchés d'Arthur Storvean, qu'à une espèce d'absurde superstition selon laquelle – sans un talisman capable d'en conjurer l'effet – leur souvenir l'entraînerait au fond brassé des eaux qu'ils n'auraient jamais dû quitter.

Sous l'influence du maître des lieux, chacun avait essayé d'étirer un voile dont l'étoffe craquelée annonçait l'effacement prochain, mais en écoutant Elsie, je sentis cette fois – malgré les détails censés en attester la trame – que son récit passait à côté de l'essentiel. Non, il y avait eu autre chose ; un événement antérieur auquel le moine bourru que j'avais vu naguère embrasser la stèle d'Hermine d'un incompréhensible regard de propriétaire ne pouvait être étranger.

*

Nous atteignîmes la face nord de la Pointe deux heures après avoir quitté Plouguermeur, retrouvant l'ampleur et la placidité d'un paysage qui ne put ôter de notre esprit l'impression très nette d'avoir fait un pas de plus vers le *dénouement* que nous redoutions secrètement.

Le vent, momentanément affadi par les obstacles barrant son chant rageur, nous était devenu presque imperceptible. Heureux de pouvoir reprendre notre souffle, nous nous attardâmes devant l'aber où les voiliers déclinaient avec le jour, éprouvant leurs mouillages en bandant leurs aussières comme des coursiers rétifs au dressage. De larges houppes grises défilèrent dans le ciel rosissant, et tandis que la baie s'illuminait d'œillades argentines, nous regardâmes la mer s'ébrouer, monter, s'étendre et noyer ce monde vagissant et replié sur lui-même, un monde portant aux nues la voix languide des navires *passés* dans la nuit, et qui feutrant le chant obsesseur des chapelets n'abandonnerait aux rôdeurs des landes brunes que les reliefs de la terreur.

Une brève éclaircie couronna alors les contours natifs de la presqu'île, figeant Elsie dans un contre-jour d'où ressortit magiquement son intonation théâtrale :

« Tu as réveillé l'eau qui dort. »

Un vers dont l'emphase eût prêté à sourire, n'était chez elle l'absolu sérieux, la stupéfiante désinvolture avec laquelle elle traitait la frontière entre l'oral et l'écrit, adoptant d'instinct ces postures raciniennes qui renforçaient l'allure hiératique de son personnage et conféraient parfois à ses phrases zestées d'accent *wildien* le charme diaphane des sentences.

Le jour faiblissant, elle effectua un demi-tour sur elle-même, puis disparut, aspirée par les sablons fichés entre l'abrupt et les éboulis du fort, où parmi les ophrys et les choux sauvages revenait chaque été mûrir l'abcès roussi des traîne-chimères. Maîtresse des jeux de la mort et du hasard, instruisant une réalité que mes mots étranglés n'eussent pu circonscrire, Elsie fut en ce triste après-midi – où sous l'emprise d'une poussée de rêve nous soulevâmes les bâches dont Storvean tapissait ses demeures indivises – *l'incarnation blême du désir.*

*

Resté seul, je suivis le chemin de douane jusqu'à l'entaille surplombant la Queue de la comète – au bout de laquelle ressortait sur le vide mouvant qui l'isolait du continent la masse détourée, replète et pyramidale de Kernic.

Aux bords de l'abîme, la mer éclatait en gerbes

d'écume sur les cailloux de la passe qu'elle blanchissait en éructant d'ignobles bruits de succion, ceignant l'île assombrie d'une étrange auréole, qui contrastant le fond oxydé du jour, m'attirait comme un insecte émetteur de quelque monstrueuse et nuptiale phosphorescence. Je la fixais, bercé par le carambolage rythmé des galets auxquels les vagues en cassant infligeaient de longs tressaillements sonores, quand parmi les combes où son fanal l'enfonçait je vis un homme, dont le manteau partiellement éclairé par la lueur vacillante qu'il suivait m'apparut pareil à celui qui tout à l'heure – comme dans un mauvais rêve – s'évanouit en bouffant dans le lacis des tombes.

*

Ce fut la première fois que je sentis *physiquement* s'exercer sur moi l'amer empire de cet écrivain paraissant ne promener son nom sur les amours obombrées de Storvean que pour souligner l'évidence du lien qui l'unissait aux secrets de ce dernier, dont les chairs expertes à la dissimulation renfermaient toujours la part maudite.

Assis sur une borne diamantée par la rosée, je regardai un moment encore les roches cariatides soutenir le ciel marial de l'île, puis accompagnai depuis mon carré défloré la retraite sans pontonnier de cette armée soudain pressée de mettre de la distance entre sa ligne de front et l'écumante cavalerie qui repliait hors de vue ses autours, cédant pour lors les vases d'équinoxe à leur peuple grouillant de crabes vieillissants, de squatters charognards et de fossoyeurs coquillés.

Chapitre V

LE CRI

Le soleil brillant à nouveau sur Pennbraz ne parvint pas à dissiper l'impression pénible de ces dernières heures, où nous sentîmes la mort en frôler les abords immédiats.

Malgré la douceur opiniâtre qui ravivait les inclinations, chacun affectait désormais une réserve tenant à distance son intime conviction, et ne vaquait plus à ses affaires qu'en présentant à l'autre le biais des regards détournés – cette torsion gainée des nuques anticipant l'arrivée prochaine du fléau qu'il leur faudrait bientôt esquiver. Il y avait en nous dieu sait quel acharnement à ne pas se laisser entraîner par l'ivresse des profondeurs, le réflexe d'une âme qui, voulant absolument continuer à croire, devinait en la refusant l'ampleur des sacrifices à venir. Trio de solitudes craignant à chaque instant un revirement de la force qui les tenait précautionneusement éloignées, nous étions devenus identiques à la face opposée des aimants, et, redoutant par-dessus tout d'être *liés* au crime que Storvean cachait derrière les rideaux d'encre du manoir, espérions juste qu'aucune main ne tendît à nos yeux cette glace « où nous eussions pu voir au tréfonds de nous-mêmes ».

*

Manifestement, notre fugue à Plouguermeur avait vivement altéré l'équilibre mental de Storvean, dont l'irascibilité ne faisait qu'augmenter la charge pesant sur Beg-ar-Coat et rendait électriques jusqu'aux déplacements d'air. Vaguant dans l'ambiance fruste de ces journées au cours desquelles un étrange venin sembla couler dans nos veines, il retournait *la matière de Bretagne*, préférant souvent aux chemins de crête les satisfactions de sa bibliothèque, où les enluminures d'un très vieux texte égayaient parfois le ciel éternellement pluvieux de ses « golfes emplis d'îlots ». Perdu dans ses miniatures, buté dans une incompréhensible attitude consistant à dévouer la rumeur du monde, il n'envisageait ses marches qu'à la lumière serrée des sylves, et glanant sous les ramées les pastilles aurifères qu'elles semaient sur l'épi mousseux des roches téméraires, portait sa méditation grincheuse et obstinée le long de ruisseaux dont il paraissait attendre des cours serpentins une *résolution* (la promesse suave, peut-être, de « l'Ennui » ?), puis zigzaguait entre des ponceaux aux garde-corps desquels il confiait ses rêveries solitaires, héraut des heures froides où point l'aube complice des assaillants, vieux guetteur de Montsalvage dérobant ses *plans* de peur qu'ils ne tombent aux mains des puissances étrangères que nous étions devenues pour lui.

Ses abstinences de Chartreux alternant avec ses retours de large, il délaissa bientôt les sentiers et les livres, s'embarquant au gré d'incertaines fortunes portuaires pour de courtes expéditions en mer, dont les motivations – toujours occultées par l'ostentatoire éclat de son île-calice – nous demeuraient largement mystérieuses.

*

Un soir, cherchant à tromper le sentiment qu'il m'eût convoqué dans le seul but d'affoler le mécanisme de destruction qu'il avait mis en branle – le soin si particulier qu'il prit ces temps-ci à éviter sa retraite de Kerhun m'apparaissant à cet égard tout à fait significatif –, je quittai mon lit et marchai nerveusement vers la fenêtre de ma chambre, espérant d'y trouver une fraîcheur que le souffle anémié du vent ne portait plus aux chevets ; l'automne approchant, le bocage empoissé de rosée restait aussi indéchiffrable que les prunelles humectées d'une galerie de portraits. Taraudant la nuit, des brumes négrillonnes conspiraient au large d'inavouables frôlements, et sur les fanges promises à l'ancestrale régénération des marées, l'on sentait grossir l'excitation saisonnière du monde pattu, mandibulaire et branchial, dont les cliquettements traversiers signalaient chaque jour un peu plus le grand retour des saturnales. Tout alentour semblait mal patienter, aspirer à l'abrutissement du déni ; le château ronflait, la cour restait muette.

Or, comme je me penchais vers les jardins déserts, un hurlement vomi des sentes escarpées hérissa soudain les ronces d'Uhuel. Libre d'entraves, cauchemar circulant entre les fûts, grondant et se répandant des gorges profondes à la cime des toits, soufflant sur les feuilles arrachées et s'agrippant aux reliques du ponant, le cri roula, glaçant, insolite, tailladant les sanctuaires verts, pénétrant l'intimité des fagnes jusqu'aux parterres de Beg-ar-Coat, où sa plainte lassée mourut aux pieds des murettes enténébrées.

*

Ce fut ce cri louvoyant à l'orée du néant qui arrêta ma décision.

Après quelques heures de mauvais sommeil, affrontant le jugement des croisées, je descendis les marches cérusées de l'étroit escalier médiéval, puis gagnai les couloirs morfondus en songeant qu'une fois dehors – comme dans les contes – les arbres lèveraient ensemble leurs branches pour me guider vers le rocher duquel l'antique épée dût être dégagée. Enveloppé par la tiédeur inaccoutumée de cette nuit séditieuse où les bois eux-mêmes paraissaient réclamer l'éradication du tourment et le rétablissement de l'unité, je me glissai d'abord dans la bibliothèque, et peu avant l'éveil de ses occupants quittai silencieusement l'aile assoupie du manoir pour Kerhun, emportant avec moi l'œuvre de Warroc dans la soie lactée du jour levant.

*

La grange – jouxtant les ruines du corps dont les membres exhibaient entre les silènes et les matricaires leurs moignons granitiques – émergeait à quelques pas des vapeurs d'entrailles de la forêt. Maintes fois j'avais observé la liqueur de ses verres qui ne laissaient rien deviner des secrets qu'elle abritait, sans jamais oser en franchir le seuil que je savais placé sous la tutelle d'un bonze vétilleux ; je la regardais avec une sorte d'envie primitive : elle était la redoute, la cabane sous les draps, un camouflet à l'abri duquel on eût repoussé l'assaut criard et bigarré des flibustes livresques – la perspective benoîte d'une vie resserrée aux dimensions de l'enfance. Et pourtant, au moment d'entrer enfin dans le sein pâle et désiré de cette cellule calfatée par les ans, j'appréhendai brusquement de voir se manifester les symptômes de l'étrange psychose que Storvean dut ici mener à son pic traumatique.

Gagnant avec une effrayante netteté le cri mortuaire des grands freux qu'on voyait esquisser dans les risées des cercles menaçants, le hululement auroral des vagues giflées par les flancs-gardes du thalweg fut la dernière chose que je perçus du monde extérieur.

*

Le dos appuyé contre la porte close, je laissai mes yeux s'adapter au halo cendreux qui duvetait ses murs bardés d'étagères – assailli par l'odeur rance de cette réserve aux détonnantes allures de monastère. La tranquillité réglée des lieux (desquels on n'eût su dire s'ils servaient la célébration d'une gloire passée ou si, confits dans le culte de la procrastination, ils attendaient au milieu d'offrandes saintes l'avènement des âges légendaires) rendait d'ailleurs perplexe quant à leur vocation finale ; essayant malgré tout de trouver un *motif* à leur surcharge décorative, je détaillai avec une minutie procédurière l'horizon mural de la grange, qui à l'instar de sa bibliothèque semblait jalousement veiller les totems d'une existence vouée aux rigueurs de l'érudition ; sous son faîtage en effet, Storvean avait visiblement réuni des œuvres devant au vu de tous affirmer l'autorité et – comme son exposition le laissait assez entendre – la *réflexivité* de la pensée la plus haute.

Mais l'imposant savoir qu'il avait accumulé dans son cabinet noir demeurait étrangement clos et comme frappé d'aridité. Nonobstant le soin qu'il leur avait porté, les connaissances semées sur ces espaliers moribonds ne ressemblaient guère qu'aux promesses bourgeonnantes d'un printemps qui n'eût jamais fleuri : sous les couches cliniques des dos agglutinés paraissait seulement reposer un crâne d'enfant roi, la dépouille mélancolique d'un prince jeté en pâture aux recès d'un conseil de Cour qui en eût d'entrée neutralisé le danger. La pièce entière respirait l'ambition dictée, le rêve déçu, l'éclosion contrariée. Sur le cuir de son bureau à cylindre, des portulans présentaient le tracé avorté de quelques traversées qu'aucun navire ne dut jamais effectuer – l'extrémité des lignes coulées dans le blanc des grandes profondeurs à une distance inouïe de toute terre abordable laissant peser d'amers soupçons sur leur réalité ; des visages d'été (incarnant sans doute aux yeux de leur maniaque observateur l'éternité hâlée d'une jeunesse pourtant abolie depuis longtemps) souriaient au-dessus des rouleaux de cartes où il reportait ses relevés chimériques, et partout autour, léchés par la langue de jour qui en dévoilait maintenant les dos corroyés, l'on pouvait voir la froide et clinquante agrégation de ses tomes *combler* ses rayons ainsi qu'une oppressante statuaire de parade. Si quelques disques, des livrets d'opéras brumeux, cinq ou six films d'auteur, traînaient au sol en un négligé attestant sans pudeur l'étrange plaisir auquel il s'adonnait en affichant avec une obsession protocolaire la supériorité du texte sur toutes les formes d'expression, plusieurs tableaux, tranchant avec un reliquat mal agencé d'œuvres marginales, permettaient d'apprécier son penchant pour les sujets mythologiques – auxquels sa peinture paraissait accorder une singulière prééminence.

*

Parmi ces reproductions – dont l'émergence formait aussi sûrement qu'une suite indienne l'épineux chemin d'un *jeu de pistes* – se trouvait une étonnante copie d'Ingres que le vol plombé des nuages traînant sur la mer exposait tour à tour par quelque fantastique coïncidence à l'ombre ou la lumière. Accusant peut-être plus que tout l'intentionnalité présidant à l'enchevêtrement complexe d'éléments visuels hétéroclites, le tableau montrant Œdipe aux seins du Sphinx faisait vraiment ici figure de *pièce à conviction.* Car les affinités de Storvean avec le héros grec apparaissaient là de manière frappante : à quelle prophétie, quel orage primitif, crut-il lui-même échapper après la perte d'Hermine en se lançant *ex abrupto* sur la voie qui d'évidence devait conduire à la sienne ?

La tension flottant autour du parricide me rendant incapable de formuler n'importe quoi ressemblant à une opinion, je me tournai vers les pans ouverts du diptyque fixé à l'opposite, où couchée sur les sables osseux, une lyre échappée d'effroi narguait *l'Œdipe.*

D'une complexité picturale manifeste, l'ensemble, quoique de facture récente, rappelait les compositions les plus abouties du bas Moyen Âge. Selon l'usage des maîtres flamands, l'artiste – devant désirer qu'une unique, absolue et totalitaire Vérité demeurât intelligible sous l'éclatant verni des bois peints – avait couché sur un support de chêne les huiles polychromes d'une scène que ses détails rendaient d'une hallucinante exactitude. Quand tant d'autres s'étaient éreintées à brouiller leurs lignes pour fuir l'eau claire des académies, sa main – rejetant par un curieux retour des siècles le lent travail de désagrégation de la forme que l'art, allant jusqu'à faire grouiller les vers sur les tissus de son cadavre, devait minutieusement mener à son terme – avait vraisemblablement voulu, comme l'eût fait l'aliénant reflet d'un miroir, *priver l'œil de champ libre.*

Empruntant aux côtes de Loguériec ses impasses courtisanes et ses défenses rostrales, le premier panneau offrait les consolations d'un ciel piqué d'étoiles qu'on pût nommer tant l'obsessionnelle précision qu'avait apportée le peintre à leur scintillement donnait l'illusion de la nuit. Mais le second panneau racontait une tout autre histoire : devant la tête tranchée d'Orphée, au vent d'une île dont les monts irisés, les failles de roches et les remparts floraux rappelaient sous tous rapports les maléfices pyramidaux de Kernic, un lit d'algues oblong portait le corps dépris d'Eurydice aux courants de marée, laissant « l'arme prodigieuse du héros chu », minuscule obole ressortant des sables de son anse athée, moduler seule sur la grève l'inéluctable défaite des amants.

S'il avait pris soin de sceller l'interprétation de son œuvre en attribuant assez facilement à ses personnages les traits d'Hermine et d'Arthur Storvean, le peintre y avait en revanche introduit avec beaucoup plus de subtilité un paramètre obscur, une sorte de flou gaussien venu casser la clarté monomane de son pesant dispositif figuratif. C'était infime : le rehaut livide d'un visage qu'on eût dit tourné pour obséder la ligne de faîte, un masque tombé comme une pierre de foudre dans les mille herbes parmi lesquelles je devinai aussitôt les traits de celui qu'hier j'avais entendu « chuchoter dans les ténèbres ».

*

Certainement, l'ordre irrespirable qui régnait ici visait à édifier le visiteur fortuit, dont l'irruption – redoutée autant qu'attendue – pût enfin légitimer la respectabilité derrière laquelle il s'était abrité tel un arbre malade, dissimulant la pourriture de ses rames sous l'obscène et parasite reptation d'un lierre monstrueux. Je savais toutefois ma route jalonnée de passerelles un peu trop voyantes pour n'être pas piégeuses. Ne me croyant plus capable de céder à l'attrait des eaux vives, Storvean dut penser qu'en brave rosse à œillères j'ignorerais leurs diaprures pour traverser calmement son histoire à gué, et voulant exhiber une abomination qu'il ne cessait en même temps d'escamoter, avait agi à l'instar de ces êtres qu'alite un mal imaginaire, feignant d'attendre dans leur solitude contrite l'action rédemptrice du « chaste fol » ou le bienheureux caprice des faits.

Il avait ainsi maintenu ses souffrances dans le silence ossianique de son manoir, comme si l'image pierreuse de sa réussite ne fût parvenue qu'à créer les immenses retenues d'ombre qui, à leur manière aussi, tentaient avec une atroce lenteur de digérer ses échecs.

*

Gagné par la fatigue, les jeux d'ombres, les correspondances et les faux-semblants de Storvean ne m'amusaient plus.

Il m'épuisait.

Et s'il ployait réellement sous le fardeau d'un passé délictueux – fût-il prescrit –, il me restait suffisamment de lucidité pour considérer qu'il dut en être seul responsable, et que personne ne résoudrait ses contradictions en prétendant maintenant justifier sa folie, son vide ou sa bassesse.

Je renonçai donc à m'aventurer plus loin dans les ruines méandreuses de son apothéose, et m'apprêtais à sortir de la grange quand le miroitement du seul objet que je n'avais voulu voir – échoué sur sa table à cartes comme la coque ensablée d'un long navire noir – m'arrêta soudain.

L'acier sinistre du fusil me sortit de la torpeur qui m'accablait ; sous l'effet d'une inexplicable attraction, je m'approchai alors de l'étagère où j'avais entreposé la pile des livres avec lesquels je m'étais enfui, saisis le premier d'entre eux, puis allongé sur le divan jouxtant les rayonnages, m'enfonçai dans la lecture de Warroc, espérant comprendre à temps comment éteindre le feu de forge rampant qu'elle avait si puissamment attisé.

Chapitre VI

WARROC

Les journées se répétèrent, arriérées, primitives, tardivement éclairées par des rutilances venues désunir les aplats d'un ciel toujours plein, velu, crépusculaire. Le chaos équinoxial poursuivait ses basses œuvres, fouaillant les corps recuits du manoir dont les vitrages réfléchissaient ascétiquement les songes baudelairiens.

Ne sortant de la grange que pour satisfaire ma faim, je passai des heures entières sous les coups de boutoir des dépressions littorales, poussé par l'ondée galbée des fronts vers les *kampongs* déshérités des parias de Warroc.

Sur ses épaules d'où l'on apercevait l'affrontement glacé des contraires comme de nulle part, j'affrontai d'un cœur inquiet les dommages du large, emporté par sa prose vers des rives intérieures dont je n'avais jamais aussi durement éprouvé l'instabilité. Je suivis ainsi la progression de Rancés tourmentés par les affres du doute et de la culpabilité, reliai les littoraux hors caste où leur âme bâtée fautait parmi la faune fouisseuse de landes que l'étreinte rêveuse du vent râpait jusqu'à l'os, et, passant à bac leurs frontières de sel, remontai les cours équanimes des extrémités orientales pour fuir à fond de crique des crimes qui n'avaient pas été commis. Arrimé au banc de nage d'une gondole absurde, j'accompagnai dans leur défaite les soldats perdus de guerres oubliées ; je vis à leurs côtés briller la lame vengeresse des laissés-pour-compte, puis le jeu changer de camp et la mort ravir leur jeunesse. Partout l'instant donnait le *la*, garnissait les plateaux, promouvait des *vient-de-paraître* que l'arrogance salonnarde prodiguait sitôt aux nécessiteux comme les pièces jetées d'une menue bourse de drames. Je regardai s'étaler au grand jour des situations désespérées ; rencontrai des lieutenants de vaisseau que des circonstances exceptionnelles contraignaient à passer sous les fourches Caudines, et que leurs tiraillements maintenaient au seuil d'une carène en perce, à la gonfle des océans ou dans l'oubli bleu-vert des sapinières. Je vis l'Homme – dépassé, conspué, ramené sous les franges dégoulinantes des forêts primaires à ses proportions les plus modestes et les plus viles – essayer d'échapper aux singes qui le harcelaient, pointaient ses impostures, ses compromis ou ses lâchetés, tenant ironiquement devant lui l'étagère ployée des créances qu'Il s'estimerait jusqu'au bout incapable d'honorer.

Tombés des piliers sur lesquels ils avaient pu se croire à jamais *fondés*, les personnages de Warroc – mesurant à leur corps défendant l'écœurant décalage entre leurs actes et le faix informe de leurs rêves navrés ou magnifiques – secouaient leurs fantasmes sur les chemins détrempés de vastes terres gâtes aux confins desquelles ils espéraient enfin trouver La Table où réunir leurs membres divisés. Tous, on les trouvait en quête, escorteurs d'escadre ou rebuts de cargo, fouillant les sept mers dans l'espoir de voir enfin leurs passerelles dépasser la ligne oblongue de leurs cauchemars.

Bien souvent, l'absolution, le repos ou la mort affectaient dans l'œuvre la forme d'une île, dont les brumes galantes veloutaient l'inquiétante idée du terme atteint. L'auteur, cependant, ne faisait pénétrer dans le sein blond de ses thébaïdes insulaires – où la relâche étincelait comme un sarcasme frappé d'aplomb au soleil de midi – que peu d'élus. Et lorsque sa fantaisie laissait ses créatures concupiscentes en pousser les battants étriqués, il se plaisait à souligner leur splendide vacuité, les montrant amputés de cette ordinaire faculté d'imagination qu'eût instinctivement dû nourrir leur panique ; dépourvus d'émotion, dépouillés d'affects, ils traversaient impavides et béats les moissons vermeilles des charges absurdes ou la colère creuse des ouragans. Un vide énorme, surnaturel, autorisait ces quidams choisis à aborder des rivages apocalyptiques sans que leur conscience entrât jamais en résonance avec autre chose que le sordide auquel ils étaient exposés. Broyeurs de mythes, prêtres du néant, ils enfermaient la peur dans leurs dogmes myopes, méprisant leur *position*, écroulant leur panache d'écume au front grimé des digues avec la nonchalante obstination des innocents. Les autres se débattaient avec les anneaux brisés qui collaient à leurs basques. Ils traînaient aux quatre coins du monde une fidélité rompue, un principe transgressé, la flétrissure d'une inavouable apostasie ; c'était, au fil des textes, une cavalcade tentant désespérément de labourer le champ de décombres des serments originels, ce grand cimetière de braises qu'on les voyait traverser, allant l'amble sous la mappemonde des nuits d'été.

Cette colonne romanesque de fuyards honteux m'égarait dans une confusion morbide où les traits ravinés de Storvean se mélangeaient aux balafres lippues des faillis de Warroc. Je sombrais dans ses mots, terrorisé par le trajet qu'ils me faisaient accomplir – trop éloigné pourtant de mon point de départ pour imaginer maintenant rebrousser chemin.

*

Souvent, cherchant à soulager ma nausée, j'ouvrais pantelant la porte de la grange, mais la mer elle-même, hérissée de mamelons écumants et cavée de cratères glauques, me refluait aussitôt dans sa panse. De nouveau j'observais la fontaine où quelques nymphéas douteux éphélidaient la laque noire des eaux, me rappelant alors les démons de Storvean dont j'avais pressenti qu'ils pourraient bien un jour vaincre les pierres de sa margelle…

Car ma lecture les ressuscitait, ces spectres mal rapiécés, cette longue phalange d'éconduits venue du fond des âges éveiller le sommeil des barres pour attirer sur elle la violence des mascarets, et entraîner dans sa gigue tout le rampant à certitudes, tout ce qui se pensait à l'abri dans le narcissisme tellurique de sa pesanteur, de sa patente ou de son rang.

La nuit, le ciel déteint arborant ses mouchetures, je m'écartais des livres éparpillés et sortais courir les ombres bifides qui tapissaient les bas d'Uhuel. Las, malgré les efforts que je faisais pour éviter le bord acéré de son tourbillon, j'étais rattrapé par le maelström warroquien, et rien – ni la course, ni les cris, ni mes marches dilatoires vers les arbres ou la roche, non plus que la pensée d'Elsie vaguant dans les moirures de son château dormant – ne me permettait d'échapper aux desseins abscons d'un leader moribond et d'un écrivain fou.

En en perçant les finesses, j'avais compris l'hiatus que l'œuvre avait pernicieusement creusé entre son créateur et son destinataire déchu des basses terres. J'avais vu son errance et les tavelures aux flasques de son royaume ; sous les porches minés des fausses sagesses, j'avais suivi sa chute, touché du doigt ses lèvres scellées par le haut mal, et par-dessus tout avais saisi que quel que soit l'élan, quel que soit l'angle d'attaque, désormais, pour Storvean *les jeux étaient faits.*

Les fulgurations des grands romans de Warroc durent l'atteindre en son fondement ; le stopper en pleine ascension – le contraignant, alors qu'il barbotait dans la lumière flatteuse de ses plus beaux mensonges, à contempler une vérité trop prosaïque pour qu'il l'admît sans souffrir également l'imposture par laquelle il tint si longtemps l'évidence en respect.

« *Warroc…, j'aimerais l'oublier,* m'avait-il dit, *ne l'avoir pas même ouvert, mais la vérité, c'est qu'on ne l'efface pas, tu sais…, il demeure.* »

C'était vrai.

Enchâssé dans ses comtes ténébreux, il était devenu l'incarnation parfaite des pantins de Warroc. Et si j'avais su devoir me brûler à ce point en découvrant leur effrayante similarité, je n'eusse probablement pas pris le risque de suivre aussi obstinément le fil qui les raccordait à Storvean.

*

Pendant des jours, je n'avais distingué de l'environnement extérieur que les nuées filandreuses qui s'excoriaient en passant sur les concettis des façades, laissant des sylphes déguenillés survoler derrière elles l'uniforme pâte boueuse qu'était devenue la cour du manoir. Vautré dans l'auge des bêtes traquées dont j'épousais page à page l'humeur noire, il me semblait assister à une espèce de putréfaction spontanée des particules lumineuses, un reflux surnaturel du jour inversement proportionnel à la progression du soleil vers son zénith – et dont l'ampleur évoquait assez l'anormal recul de la laisse de basse mer à l'approche d'un tsunami. Ainsi tiré par leur attelage janusien, je m'étais enlisé dans les fondrières de leur étrange compagnonnage, dérouté par les cours bourbeux qui paraissaient chaque fois les pousser dans les bras l'un de l'autre mais chassaient en même temps l'articulation qui me faisait défaut, ce point extrême – le même point désaxé qui sans cesse reculait comme j'en approchais –, éloignant des regards le berceau médusé d'une brouille qu'ils maintenaient entre deux eaux derrière le fascinant rideau d'algues folles de leur passé.

*

Six fois encore je suivis l'avance elliptique des étoiles, consacrant ce qui me restait de forces aux textes de la maturité – fragments d'une éprouvante beauté auxquels la perfection formelle donnait déjà des allures testamentaires –, dérangé seulement par les tombées moins rares de larges feuilles venues en messagères d'exil plaquer leurs mains jaunes contre mes vitres. Et puis enfin, après une nuit blanche durant laquelle ma lecture livra ses ultimes poisons, je retrouvai le soleil – défi d'or lancé aux derniers lambeaux d'Érèbe d'où procédaient ces lourds nuages brûlés que le vent repliait en silence sur les maraîchages ceinturant d'ennui les arrières de Pennbraz.

Remonté trop vite des fosses de Warroc, courbatu, sonné, je me tins sous l'auvent de Kerhun jusqu'à ce qu'une montée d'air mouillé, de résine et de goémon dissipât dans le petit jour ses suppôts de papier, atténuant aussitôt l'asphyxie que leur longue fréquentation devait fatalement entraîner.

Si l'œuvre prouvait la dette de Storvean envers l'homme dont l'écrit raviva le souvenir de cette « fortune qu'il ne sut saisir quand elle passa près de lui », la lente dérive des continents cotonneux me faisait songer que le faîte n'était pas atteint, et qu'il me faudrait vitement gravir l'enceinte escarpée des tombeaux pour espérer recueillir sur l'entrelacs de leurs mires les pétales neufs d'une fleur sauvage.

Chapitre VII

UNE NAVIGATION

Les jours suivants, un silence de sieste écœurante dévasta les couloirs de Beg-ar-Coat. Inondées par des passées de lumière blette, grignotées par un dépôt de poussière, d'ombre et d'ébène, ses galeries étaient devenues pareilles aux sentiers d'une forêt privée d'essartage, et n'acheminaient vers les salons endormis du logis que l'heure piquée de relèves qu'on n'assurait plus.

Gardant rancune aux lointaines merveilles d'un soir, la mémoire de notre hôte dégouttait des vases du manoir comme d'un ventre trop plein, corrodant les pièces du procès qu'il tenait embusquées dans le demi-jour de ses impostes ; la « Maison Storvean » chutait, et l'on entendait à présent l'avant-garde à crocs des veneurs en traquer son dernier descendant à travers la bâtisse.

*

Certains matins, la poitrine écrasée par l'irrépressible abattement qui me gagnait quand je voyais Storvean jeter depuis son balcon à la dérive un coup d'œil tourmenté vers ce qui s'avisait d'échapper d'aussi bonne heure à son exaspérante emprise, j'abandonnais l'indigente clarté du *Beg* pour suivre la ligne de démarcation des mortes eaux, courant l'arène humide jusqu'au cimetière marin, où trois coques échouées au fond du port offraient quotidiennement leurs bois désarmés aux aigreurs du débord. Traînant sur la *slikke* leur irréparable mélancolie, elles gisaient empaumées par les brises, haussant leurs côtes atrocement déformées en une lente inspiration dont les gargouillis de poumons crevés se répercutaient à marée haute sur les persiennes alanguies des résidences désertées. Posées comme de gros fruits de mer sur un lit de salicornes, fouettées par les ombellifères cerclant leur carcasse d'un hallier canaille et odoriférant, elles exhibaient leurs bordages tumescents, écalant leur livrée parmi les bers du chantier naval qu'on apercevait voisinant, et pareillement désaffecté. Sans doute y avait-il dans ces ligneurs vautrés pêle-mêle dans la boue renfrognée d'un si modeste abri quelque chose figurant les destins mal advenus des errants de Warroc ; car, quoique maculés de fientes, les pavois funambules qui ridaient ici leurs longues robes de cavale dégageaient la même impression d'apaisante décrépitude, d'aristocratique agonie ; une pompe discrète où se lisait toute l'ambiguïté du mouvement figé – l'espoir sordide que la mort pût en échange des quilles obstruer pour l'éternité le chas noir de l'angoisse.

Parfois, un souffle diligent accroissait la désolation de ces lieux évincés. Il se ruait sur les plaies rouillées des timoneries, animant de craquements sinistres le coma dépassé des *chadburns*. Chassé par ses bouffées, je me calfeutrais alors entre les couples pâlis d'une annexe d'où j'aimais surprendre le vol empesé des garzettes qu'on pouvait voir plus loin s'extraire des roselières – tâchant d'oublier l'instant où je devrais fronder la solitude du grand mâle déposé dont Warroc m'avait impardonnablement dévoilé la blessure, et par là même augmenté sa dangerosité ! Enfin, laissant mes pontons à leur insoucieuse décomposition, je me remettais sur pied et repartais vers l'ouest lèvres closes, longeant le travelage de l'ancienne voie ferrée, qu'un climat propice avait renflé d'irritants massifs herbacés.

*

Du chemin de fer reliant par la côte Pennbraz à Guiherlin – vieux bassin de radoub pointant ainsi qu'une pièce de chasse son môle désert vers l'Angleterre – ne restait guère qu'un cailloutis sillonné d'adventices, qui achevaient en croissant d'éclater les traverses créosotées sur lesquelles venait jadis s'appuyer l'acier bleuté du rail. Dès l'instant où l'on s'engageait dans la saignée, la houle hirsute et sale qui pullulait parmi ses vestiges faisait craindre que le pied posé sur quelque piégeuse conformation du sol ne réveillât un nœud de vipères lovées dans les traits hors d'âge des poutrelles dilatées. Et pourtant, le long de cette artère cheminote – où sur le menu quai de gares en déshérence des voyageurs fantômes attendaient sous le verre fêlé d'une marquise l'arrivée sans cesse déçue du train –, je prenais un égal plaisir à croire que du fangeux humus des gorges pourrait à nouveau monter le tintamarre métallique de wagonnets crissants, bringuebalés, tirés, surlignés par le panache buissonnant d'une motrice dont les vapeurs escamoteraient un temps l'amas gauchi de leurs exubérantes concrétions minérales. Mais le vent seul répondait à mes divagations. Je continuais donc à marcher entre les lobes du minimum tréflé qui débordait les cubes cacaotés du ballast, rêvant aux désinences exotiques des stations qu'égrenait autrefois la bedaine fumeuse et obstinée de la locomotive côtière : un florilège d'écarts caillouteux dont Storvean assurait auparavant la desserte avec une gourmandise artiste, préférant aux moiteurs bavardes des débuts d'après-midi l'opulence assourdie des couchers – seuls en mesure de révéler le mystère sous-jacent de leurs noms qu'il disait « *jaillis de la plus profonde inanité sonore* ».

À chacun d'eux se rattachait le souvenir précis d'un temps du rite processionnel auquel nous sacrifiions tous les ans, notre hôte renouvelant ses combinaisons avec une ardeur despotique, décernant dans ses ordres les distinctions devant concomitamment assurer l'étonnement de sa cour et la longévité de son trône.

La côte ménageant ses effets, la voie découvrait tour à tour la crique des contrebandiers de Lannmebel, la « passe aux chèvres » de Plouarnez – caillebotis de rondins mésajustés donnant à marée basse sur le crâne rasé de l'île Sterec'h –, les ruines venteuses de la nécropole de Guimanac'h, les remparts croulés de Trescaër, ou les tombées méditerranéennes du bec de Rosanduff qui grillait suavement sous le soleil de juin son nappage craquant d'aiguilles de pin. Je revoyais ces moments sans pareils où les fleuves de pierre qui nous portaient confluaient vers l'amour possible, où nous pressions l'orange de chaque journée avec la rage plénière du désir tapi sous les colonnes déjetées des édicules aux parapets desquels – suivant sans mot dire la bannière claquante de Storvean – nous appuyions nos vingt ans.

Constater combien il était impossible d'abouter des êtres à présent si disjoints qu'aucun *sens commun* ne pût même concilier leur mémoire, m'effarait.

Comment Storvean (quand il sut si bien la transmettre au moindre de ses hébergés) put-il alors dévoyer la passion qui l'animait, la flétrir au point d'incarner aujourd'hui cette caricature misanthrope que « les plus fâcheuses circonstances avaient amenée à rompre avec l'humanité », et dont il me semblait aujourd'hui troubler si intimement l'existence ? Dieu sait pourtant s'il avait réclamé ma présence : de nul autre il n'eût espéré d'une simple lecture des fêlures, des jardins occultes et des dénégations de personnages de fiction qu'elle lui permît de déduire ce qui, grevant son avenir, demeurait rétif à l'aveu, résistait toujours, et constituait *au dam de l'ennemi !* la réserve cachée d'un conflit dont Warroc occupait manifestement l'hypocentre.

Et maintenant, par les vides immenses que le souvenir du rail libérait de ses forces négatrices, sous l'œil grossi des visages qu'il avait esquivés pour subsister dans les geôles somptuaires de son déni, je ne redoutais rien tant qu'à suivre de la sorte son schéma de fer je dusse moi-même atteindre le terminus qui me verrait inévitablement établir *ma déposition de vaincu.*

*

La fin du mois approchant, de grands vents froids portèrent aux confins de la Marche l'écho noir de l'automne, soulevant sous leurs pas glacés tout un charnier d'ailes sèches, qui lentement commencèrent de replier sur les mares d'Uhuel leurs rousseurs dentelées.

Harassés, les jours semblaient devoir chanceler ainsi jusqu'à la nuit des temps lorsqu'un matin finissant, tandis que je tentais de corseter l'angoisse qu'avivait désormais chez moi l'approche des repas, Elsie entra dans ma chambre, et se précipitant vers la table où j'étudiais, me demanda d'un ton qui n'eût souffert aucun refus *de bien vouloir la suivre.*

Lingère échappée des fantasmagories de ce château peccamineux, elle avait surgi, sûre de son effet, opposant la chute scandaleuse de ses reins à ma rigidité biblique, sa main droite déchirant d'un coup d'ongle la cuirasse de branches mortes, de vers et de pluie dans laquelle je confisais ; une main qui survolant de très haut les soucis du couchant n'avait plus rien de commun avec celle que j'avais saisie sur les roches de Plouguermeur – main d'outre-tombe, main de hasard, presque retenue – et trônait là dans l'air corrompu telle une main de justice au commencement d'un règne, mais qu'en cet instant j'hésitai pourtant à couvrir ou à écarter parce que je sentais que *rien* ne saurait plus jamais égaler le virginal acquiescement de sa préhension. Elle était, dans toute la vertigineuse acception du terme, *la main tendue*, légère autant qu'une ponce flottant sur la soie d'un ru dont le cours fût lui-même une dangereuse invite à l'aventure, et qui scandant le chant du départ, m'eût entraîné vers ses trous salés sans que je pusse opposer la moindre résistance à sa résolution. Je n'avais plus le choix, pas d'alternative : sa paume d'albâtre à demi tournée vers le ciel qu'elle défiait était bien celle que j'attendais pour affronter le versant nord de notre hôte, sur les neiges éternelles desquelles avait gelé son plaisir – et sa joie.

*

Ignorant tout à fait ses écailles diaprées, nous quittâmes Beg-ar-Coat après nous être sommairement équipés pour naviguer, écoutant la diane du large rameuter la marée qui sous peu libérerait les quilles des fonds crêpelés de l'échouage. Durant quelques mètres, le rivage se résuma aux franges bleutées qui s'étiraient en longues traînes huilées d'un bout à l'autre de la cédraie, quand l'anse entière de Pennbraz – dont l'évasement semblait devoir assurer le succès d'une mystérieuse fécondation – déploya soudain dans l'entrecolonnement des arbres l'inconvenante beauté de son plumage de parade. À cet endroit, nous dûmes quitter la voie pour contourner les restes d'une étrange construction mauresque – à laquelle un péristyle de palmiers nains et quatre murs à créneaux recrépis d'ocre fauve conféraient un insolite aspect colonial – avant de reprendre à travers bois le chemin volé des villas, où dans la brune moisissure des services s'éteignait l'antique rumeur de cristal, d'ambre et d'argile que la saison descendante répandait à bas bruit au fond baroque des buffets héréditaires.

Arrivés sur la chaussée bétonnée que les boutons claquants de quelques fucus déshydratés recouvraient d'une couche olivâtre, nous nous dirigeâmes vers les rochers contre lesquels deux prames amarrées à un anneau rouillé paraissaient sommeiller à plat ventre sous les mousses rebondies d'un petit tertre ombreux. Je retournai celle qu'Elsie venait de me désigner, puis l'aidai à la porter au bas de la cale dont les derniers degrés s'enfonçaient déjà dans l'eau neuve et translucide du port. On eût dit qu'une somnolence légendaire se fût abattue sur les flots à la surface desquels semblaient léviter d'étonnantes vapeurs explosibles.

Brisant l'imposante léthargie des lieux, nous évitâmes rapidement l'extrémité de la jetée, emportés comme deux arbustes par le sirop clair de la mer que l'étrave camuse de la prame s'appliquait à refluer de chaque côté du bordé.

Assis dans l'étranglement de la proue, je regardais l'aviron d'Elsie cogner en cadence la dame de nage et, mouvant la coque, abandonner au scintillant feutrage de l'onde l'empreinte brisée de ses cercles. Çà et là, de petites bulles d'aigue-marine trahissaient la présence flegmatique d'un mulet que la limpidité des eaux basses permettait parfois de voir passer entre les quilles – et dont le louvoiement byzantin grandissait alors l'équivoque.

Les jardins s'inclinèrent lentement derrière la frise jaunie des hortensias, les grèves à l'entour s'amenuisaient dans la chaleur du jour, et nous-mêmes ne fûmes plus qu'un brin glissant parmi les mâts alumineux qui balançaient dans l'aber leurs troncs effeuillés. Enfin j'aperçus la silhouette trépignante du petit *sloop* à bord duquel elle s'apprêtait à embarquer sa dernière « *recrue de taverne* », et réalisai qu'aucune ruse ne sût maintenant retarder notre appareillage pour ces îles oubliées, où les brumes effilochées couvraient d'un leurre fragile les souveraines archives du vent.

*

Jamais elle ne m'apparut plus impérieusement distante qu'en ces instants où, luttant contre un vent forcissant, nous avalâmes nos premiers quartiers de milles, lancés dans une course dont il semblait qu'elle dût tenir jusqu'au bout la lettre secrète. Dédaignant leurs dangers, Elsie menait sa barque de passeuse dans la plume des courants, jetant ses œuvres dans l'échancrure du chenal qu'elle frayait comme elle eût forcé les ronces d'une clairière promise aux ballets noirs d'une reine de sabbat. Des bleus ourlés, découpés au couteau, venaient claquer leurs fronts contre la lisse du voilier, noyant ses chandeliers au rythme syncopé du clapot ; la coque grinçait, donnant de la bande, serrant le vent au plus près pour sortir de la rade qui brassait à gros bouillons le sel de ses hauts-fonds. Elsie doubla largement les roches mallarméennes qui ponctuaient l'orient du pertuis, puis abattit un quart d'ouest vers la haute mer, laissant par le travers leurs deux poings serrés et les flancs *mehaigniés* de la Pointe, dont le mufle écumant – parcouru de filons purpurins et travaillé d'incessants affouillements – reniflait au ras des vagues l'impalpable et spacieuse montée des eaux.

Bientôt, l'on ne distingua plus rien de Pennbraz. Agité des mêmes soubresauts, je perçus ici les signaux d'un terrible emballement, l'accélération sous-marine d'un cœur perdu dans l'immense poitrine de l'océan. Nous prenions congé. L'odeur de cadavre infestant Beg-ar-Coat s'estompait, nous nous détournions du cloaque. Je fixai brièvement l'horizon, puis succombant à la volupté du tangage, m'allongeai au vent sur le banc du cockpit, la tête posée sur les genoux d'Elsie – dont les yeux étrangement accaparés paraissaient suivre en clignant la ligne d'aigrette d'un cap licencieux.

*

Longtemps nous naviguâmes sous les cornes obliques de l'aveu, le front plissé par le sillon d'étain que le soleil traçait sur l'insondable miroir de nos réminiscences. Prophétesse d'un dieu dont j'eusse célébré seul le culte abscons, Elsie se taisait, « belle à faire perdre l'esprit », et sa ressemblance avec ses sœurs en perdition me faisait songer que sa décision de m'éloigner de Beg-ar-Coat comme s'il y allait plus que de ma vie, comme si j'étais celui par qui elle pût encore voir resplendir on ne savait quel Graal, pouvait elle aussi tenir du sublime traquenard.

Un moment, je crus que l'exquis vallon des lames saurait me préserver des finalités de ce voyage que nous entreprenions à rebours des routes habituelles, mais nous étions allés trop loin pour les laisser maintenant nous bercer d'illusions. Elsie laissa donc le *sloop* filer son allure de croisière, puis – semblant ne pouvoir dire ce qu'elle avait à me dire que depuis ce monde d'où je fusse provisoirement aboli – détourna doucement la tête vers le large et se mit à interpréter le grand répertoire de l'anse à haute voix – déclinant avec une merveilleuse clarté l'intimité géologique de ses côtes sapées par l'endurance des rivières, de ses grands estuaires faucardés par le flot revenu délester ses bas verts des cadavres pétris en mer, des landes fardées de bruyères et crêtées d'arbres noueux, de ses caps envoûtés par la lumière du soir qui rasait leurs plants et rôtissait les barbes poussées à la joue dure des cromlechs, guidant jusqu'aux confins inapprivoisés des abers les navires partis réveiller sous l'aile mouchetée des fous l'ombre prodigue d'Énée.

Sans doute eut-elle toutes les raisons de penser que son propos entraînerait une réaction immédiate de ma part, mais comme je restais coi, l'écoutant avec indifférence brosser des tableaux qu'une évidente familiarité m'eût pourtant obligé à rapprocher de ceux de Kerhun, Elsie pencha soudain vers moi sa bouche d'aube :

« C'était tentant, me dit-elle seulement, j'ai occupé les places vacantes. »

Et selon la triste logique de leur cours, ses phrases s'épanchèrent ainsi qu'une traînée de pluie sur la mer, rouvrant les cales où dormaient les années que je n'avais pas connues, climax d'une jeunesse dont l'éclat défilait à présent sur l'écran bordé des toiles, jetant sur leurs chutes le passé névralgique auquel j'avais vainement essayé d'échapper en faisant, il y a des années de cela, *mes adieux au roi.*

*

Après la mort d'Hermine, rejoignant sous leurs tympans la poignée de fidèles béats qui s'obstinait à nourrir les feux de son Église, Elsie resta aux côtés de Storvean, créature prostrée des souches froides, sirène enchaînée au banc ployé d'une galère en fuite. Ses iris – que les ciels améthyste du soir naissant teintaient d'une ardeur mortelle – avaient exercé sur elle leur intacte fascination. Il avait conservé à ses yeux un reste de cette innocence égarée, de ce déliement obscène et minutieux auquel elle pensait atteindre en vivant avec lui – sûre d'être entraînée vers ces gorges recousues par le jour, où végétait, aphone, le double ombré des enchanteurs. Grand pontife comblant le cœur poreux des « frères » qu'il asseyait dans les stalles de sa renommée, il était tout ce qui pouvait attirer Elsie : la déhiscence d'un épi mûr qu'un grésillement désinvolte de ses ailes eût suffi à enflammer. Se rêvant « inactuel », il avait longuement cherché à désinhiber les formes d'un désir auquel il crut indéfiniment puiser son inspiration, mais sa pratique de Nietzsche ne lui fut d'aucun remède : pilon résonnant, le marteau de Zarathoustra heurtait ses nuits au cours desquelles il remâchait les sempiternels errements d'une vie qui n'avait laissé aucune chance à « l'engendrement de son génie » ; et la perfection d'équilibre intérieur à laquelle conviaient ses phrases – cet « Ainsi parlait » qu'il ne pouvait *entendre* – le figea dans une attitude paradoxale, prophète réfutant ensemble le déclin primaire et l'application sur soi d'un enseignement qu'il professait pourtant bruyamment autour de lui.

Séniles et répétitifs, de longs mois coulèrent avant qu'elle n'entamât son *Œdipe* et ne satisfît pleinement les exigences de Storvean en composant pour lui l'*Orphée* qu'il tint longtemps caché sous les obscénités de petits maîtres mal inspirés ; un manifeste de repentance commandé par un forçat, mais une œuvre comminatoire également, dont l'ironie rampante cachait mal le caractère hargneux, comme si, par-delà la maniaquerie du cahier des charges, *la facture* eût entraîné le peintre dans un règlement de comptes où pussent se lire ensemble la violence du dépit amoureux et la morsure des regrets qu'à tous laissent les rencontres infructueuses.

La perfection de ses œuvres eut raison de sa lubie.

Et le nœud du désir, entre eux constamment latent, desserra là définitivement ses lianes pour les libérer de leur pacte muet, cette union scellée sur le granit morganatique des grands menhirs, qui jamais n'aurait engendré la moindre descendance.

Parvenue elle-même aux portes du marais où son énigmatique névrose finissait par exiler sans retour tous ceux qui l'aimaient de trop près, Elsie trouva bientôt porte close, et renonçant à vaguer dans ses labyrinthes pénitentiels, referma ses paupières sur les vues d'une époque dorénavant sans fondement – avant-scène d'événements dont la boue noire alimentait encore le naphte épais et las qu'imperturbablement les pales de Goelvenn remontaient des fonds placides du delta.

*

Le soir progressait, allongeant sur la mer de gros nuages pommelés. Et tandis qu'il me souvenait du moulin dont il aimait voir le rouet perclus de vésicules coquillères froisser le clair hagard de la lune, à l'approche d'une masse vaporeuse, insalubre et blafarde, le vent qui jusque-là nous avait accompagnés sans faiblir cessa brusquement ses trilles.

Jouet du roulis, le *sloop* balança son gréement dans une ultime crevasse d'azur, puis disparut dans la brume. Lourd de vieilles peurs, le bord s'emplit aussitôt de ces chuchotements de ponts encalminés, où disputant à celle du « Hollandais » son épouvantable prééminence au sein des gaillards, l'évocation fusiforme et mandibulaire du kraken n'était jamais loin.

Le souffle court, nous maintînmes nos sens à l'affût des vagues qu'on entendait par endroits détourer les brisants, quand Elsie poussa brutalement la barre sous le vent, initiant un virement à l'urgence duquel le voilier parut opposer une désespérante réticence. Avec une infinie lenteur, l'étrave parvint tout de même à passer sur son erre le lit du vent, et le cliquetis des cabestans à l'aide desquels nous reprenions sur l'autre amure la toile aveulie nantit l'espace d'un étrange ruissellement musical. Nul signe alentour n'attestait plus le moindre mouvement. Le navire flotta encore quelques minutes sur les eaux grasses, puis heurta violemment la crémaillère encaissée du récif, déchirant dans un crissement interminable l'oppressant mutisme des brumes qui nous rendirent au silence avec la même brusquerie, nous laissant, prisonniers, bouchonner entre deux abîmes d'opacité.

Lâchant la barre, Elsie tenta aussitôt de désentraver l'appendice en imprimant au *sloop* le mouvement d'école que le poids de son corps (qu'elle lançait harnachée aux haubans comme si elle eût voulu le jeter à la mer et telle une figure de proue ramenait à grands coups de reins vers le pont) était censé provoquer, mais rien n'y fit. Trois fois de plus la quille percuta l'écueil, diffusant l'onde sinistre du choc au navire entier, puis le calme à nouveau s'imposa partout.

Durant une demi-heure, le brouillard gagna du terrain, s'épaississant toujours, et ne cédant rien aux espoirs de sa prochaine dissipation. L'aveuglement régnait : les routes étaient coupées ; les anses chaînées ; les chenaux muselés. Il fallut attendre que la renverse fût largement entamée pour voir enfin les nappes s'évaporer et révéler soudain – à une distance si infime qu'on crût pouvoir la toucher – l'embase obèse d'une divinité colonnaire, dont l'œil toisait les rubans d'algues agglutinés sur l'ourlet ruisselant de sa jupe effroyablement découpée.

*

C'était une tour morgue, un « i » royal au-delà duquel les vagues déferlaient sans frein sous leurs ciels de carrière, labourant d'une fureur autonome la croûte friable des champs immensément meubles et stériles de la mer. Limite verticale du monde connu, seul amer d'où l'on pût saisir dans le poudroiement verveine d'une lumière sépulcrale les restes déjà compromis des fragrances terrestres, le fût fossilisé de ce chêne marin, vigilant gardien des nécropoles mugissantes, semblait sommer les *yawls* venus égarer leur mâture sur ses longitudes inquiètes.

Impressionnés par l'immobilité funeste de ce phare obligeant les épaves à méditer sous ses barres la justesse de ses avertissements, nous débattions toujours du moyen de nous délivrer quand au bout d'une heure la marée commença de faire éviter la coque, permettant au souffle qui ridait à petit le velours mortel des eaux d'enlever le *sloop* à l'ombrageuse juridiction du cyclope – hampe ultime plantée dans le dos d'un danger isolé, ermitage dévoré des pouces-pieds, dernière repentance côtière avant la demi-mort des grandes traversées.

Lorsqu'enfin nous fûmes sur les gisements de l'archipel du Cairn, le soleil noyait déjà son palet incendiaire dans l'alcool bleu du *Channel*. Poussés par une faible brise de trois quarts, nous stoppâmes bientôt à l'aplomb des sables débordant les basses d'une crique entièrement vierge de mâts, et mouillâmes l'ancre principale jusqu'à voir dans le prolongement du balcon son soc crocher délicatement la moelle claire des fonds. Le navire cula jusqu'à long pic, ses maillons raidis avivant dans un friselis rougeoyant le mol écoulement du flux auquel la chaîne s'était abandonnée. Je regardais Elsie fouler les marches du tombeau dont les étages bornés de dalles piquetées et de symboles abscons paraissaient effrayer la nuit même de sa lueur rousse et rémanente, me demandant finalement si elle n'avait pas organisé cette croisière dans le seul but de me voir à mon tour fixer l'âme hantée de Storvean, cette âme hypocondre, bilieuse, étique et terrifiée, dont les souvenirs tentaculaires s'étaient immiscés dans ses draps, dissimulant sous ses ventouses boréales le désespoir qui le meulait depuis trente ans.

*

Accouru des plaines éreintées du levant, le brunissement du monde gagnait timidement les eaux quand l'annexe aborda l'embarcadère d'une courte plage déclive. Las, le soleil achevait d'éteindre sa vigueur à la surface quantique de l'océan ; resté un moment sous la tiédeur compromise de ses derniers rayons, je suivis ensuite les empreintes d'Elsie qui, pieds nus, creusait l'écorce de la grève avec l'insouciance d'un *libre faiseur de butin*, sentant trembler autour d'elle la pourpre élimée des broussailles qu'une lumineuse perfection détrempait à la feuille d'or.

Arrivé au faîte d'une petite dune plantée de fixateurs hérissés, je demeurai inerte, littéralement hypnotisé par les pierres amoncelées ainsi qu'un gigantesque linceul sur les morts de haut rang que le silence tumulaire des cistes semblait révérencieusement préserver. Légèrement ivre, livré aux arômes entêtants de cette île sibylline d'où s'élevaient chaque soir de troublantes fumerolles anthropomorphes, je titubai plus que je ne marchai, essayant de régler mon pas sur celui qu'Elsie portait toujours plus loin dans les laies ensauvagées de ce cimetière antédiluvien, blond fanal longeant les accidents censurés de l'inquiétante architecture funéraire, déclose ancolie virevoltant au seuil déluté des caveaux, où l'idiome inane de quelques guerriers ligotés reposait inviolé sous les mottes castrales de leur cité.

Chapitre VIII

NOCTURNE

Tout était là. Esquisse hantée des huées, le décor dans lequel Storvean désapprit l'âge et l'étau se détachait, rompant par son invariance pesante et nostalgique l'influx dilatateur de l'océan. Enivrées par les bouquets capiteux que la terre encore chaude libérait dans l'air assommé, des hordes criaillantes de goélands survolaient l'archipel, dont les monts blottis autour de l'îlot maître faisaient songer aux conserves d'un vaisseau amiral. Le ciel partout cédait aux appels du gouffre, étirant doucement les pâtis d'ombre d'où nous suivions l'agonie de ce jour trop lourd – ignorant toujours qu'au-delà du sanctuaire, dans son manoir luisant tel un feu de poupe au cœur des bois, Storvean venait d'endosser la parure bise des grands frais pour refouler l'assaut nocturne des chênes et les suppliques des spectres, qui s'apprêtaient à célébrer son sordide anniversaire.

Campé sur les décombres paléolithiques d'une civilisation que les brises achevaient d'aiguiser, je regardais la nuit embaumer le ciment élitaire du tombeau, repoussant un avenir que les lèvres d'Elsie couvaient encore dans les nids expirants de sa propre obscurité. La faim me tenaillait. J'avais faim d'elle, de son nom, des mains qu'elle m'avait confiées, de ses yeux que j'avais vus perler l'hiver sous les rames hercyniennes, de ses seins au creux desquels j'étais venu loger mes tempes dans un fracas de foudre inaugurale, et que je devinais ici : coupoles érectiles de gypse blanc, pleins, obstinés, dressés tels ceux d'une sirène défiant en proue l'élan des cinquantaines rugissantes. Mais ce fruit recru des vergers – qui digérait dans les vrilles de son serment ses sucs concupiscents – semblait avoir *une fois pour toutes* renoncé aux délices de la chute à laquelle je l'espérais promis.

*

Plus tard, et peut-être dans le seul but de secouer l'apparition maligne d'un engourdissement dont nous redoutions tous les deux la moelleuse fatalité, Elsie m'attira aux pieds d'une maçonnerie grossière et surbaissée, qui paraissait obvier aux coups d'une menace latente. Mâchonnant sous ses ardoises de coiffe l'épaisseur de sa nuit, la masure ouverte à tous les vents formait une chambre d'échos aux grondements caverneux du sépulcre sur le piédestal duquel venait se fracasser la mer. Les mains appuyées sur l'assise d'une baie, je fouillai du regard l'intérieur raviné par les dépressions hivernales, essayant de me représenter l'ordinaire des goémoniers qui durent abriter là leurs gerçures en tentant devant un foyer branlé par les tempêtes d'oublier un moment le champ glacé des laminaires. Mais en penchant un peu plus ma tête dans son noir d'antre, une indescriptible puanteur me prit à la gorge : des assiettes contenant le produit crasseux d'une ignoble fermentation, des écuelles farcies d'insectes, des lames noircies de longs couteaux cognant leurs manches sur une table injuriée par les ans, de cinq ou six chopes que la graisse de leurs cals avait rendues opaques, d'une jarre gâtée par une inconcevable pourriture, comme des murs continûment exposés à la gangrène aqueuse qui rongeait ces parages boréens, émanaient les essences méphitiques d'un repas abruptement interrompu – dont les restes compostés disaient assez crûment la stupeur qui poussa ces faucheurs d'eaux troubles à négliger leurs fèves pour affronter un soir sans lune la vindicte muette du tombeau.

Créatures écumantes vaincues par une vision, ils étaient partis, abjurant tout, s'élançant faméliques dans la nuit livrée aux arpèges désarticulés de la mer et du vent, qui durent rougir leurs crevasses et creuser la brûlure de leur soif ; sacrifiant eux-mêmes aux mystères de quelque antique cérémonie, ils avaient abandonné sur place les témoignages loqueteux de leur vie de rapine, et fuyant leur purgatoire étaient venus trébucher sous les dorsales fumantes du tumulus décharné. À quelle impénétrable crise obsidionale avaient-ils cédé ? De quelle combe ennoyée sortit le souffle rauque ordonnant leur débandade ? Quelle voix désaccordée, quelle « couleur tombée du ciel » les avait soudain tirés de leur grotte insulaire pour les faire ensuite voleter dans les ténèbres ainsi qu'un essaim de chauves-souris *dérangées* ?

*

Je n'eusse su dire par quelle porte effleurant la surface du temps le spectacle de ce banquet déshérent m'avait ramené à Storvean : était-ce l'image gâchée d'une cène que les seuls cloportes commémoraient ? L'autel maculé d'une communauté brusquement drossée par son animateur sur les brisures de sa roche aux fées ? Quoi qu'il en fût, les terreurs inventées pour déserter cette table m'avaient rappelé les siennes. Et notamment celle qu'il dut éprouver en entendant le pas marbré de Warroc piétiner le silence monacal de sa grange, le forçant à gagner l'embrasure d'où il pût prévenir le fantôme sanglé de son curateur – attendant là, sous la lunette de cette sentinelle scrupuleuse dont la *longue vue* perçait chaque jour un peu plus les délits d'ombre, la montée lasse du brame et l'inévitable entrechoc des ramures.

*

Lorsque je m'en retournai, confiant ces reliefs douteux aux caprices des taons, la nuit arrondissait déjà les angles sur lesquels nous focalisions encore nos pupilles une minute auparavant. Seul le panache effervescent du ressac perpétuait à présent la mémoire du monde acéré qui s'éteignait devant nous, cédant à l'ouïe l'espace perdu pour l'œil qu'obnubilait le clignement radoté des bouées ancrées autour des dolmens.

Une heure passa.

Face au monument dont les voûtes bâillant par endroits révélaient les encorbellements, j'observai la corolle ouverte des alcôves dominant la baie – doutant qu'il fût bientôt question de s'endormir à bord en écoutant nos drisses mal étarquées jalouser indéfiniment la quête du mât. Du reste, si mon cœur continuait de leur opposer des réticences de mèche mouillée, ses yeux bleu flamme me fondaient à croire qu'il était temps d'obtenir d'Elsie qu'elle m'avouât les vraies raisons de notre présence sur cet îlet ras et taboué.

Laissant alors les os reliques des chefferies (que la litière corrosive du mégalithe dut avoir fastueusement digérés), je la rejoignis donc dans le pli douillet du sanctuaire où elle s'était plongée, sentant en l'enlaçant son pouls dévastateur gravir à une vitesse irréelle les degrés d'une tension mortelle.

*

De notre abri, l'aber piqueté par les feux tanguant du balisage faisait songer à la fragile ligne de postes d'un pays en guerre.

« C'est ici », me dévoila-t-elle en traçant calmement sur la trame du ciel un parfait arc de cercle.

Ici : les douves du roi pêcheur, un château du Graal sous les créneaux vantés duquel Hermine – dans toutes les acceptions que ce mot pût jamais recouvrir – *ravit* Storvean.

Le monde avait vingt ans. Elle lui était apparue – inflorescence sommitale, inaccessible, cachant derrière une moue dédaigneuse le battement d'orfroi qu'on voyait colorer ses tempes ainsi qu'une coulée de lave aux aguets. Rebelle au moule des figures imposées, elle observait le monde juchée sur les épaules d'Éros, moissonnant de ses yeux enfauvés l'horizon sulfureux de sa petite anse de contrebande à la recherche d'un détonateur.

La première fois qu'il la vit, une pléiade de satellites béats orbitait autour d'elle, mendiant une intimité qui pût leur ouvrir une brèche vers ses lèvres, essayant sur ses formes une gestuelle maladroite – qu'elle déportait sitôt vers ses anneaux, comme les débris flambés d'astres secondaires. Sous l'enceinte fouaillée des villas, svelte, ardente, Hermine magnétisait les sentes que son arroi bruni traçait dans la poudre opalescente des plages, et paraissait pouce en l'air au seuil des failles tel un tyran au parapet de l'arène, cherchant parmi les audaces zélées qui bombinaient autour d'elle le torse nu sur lequel déposer ses offrandes. Lui, caressant des rêves d'orpailleur, venait chaque jour la contempler sur le croissant sablé des grèves où elle transportait sa condescendance coutumière, se contentant de longer à découvert la clique incurieuse et soupirante qui lampait ses plaisirs à l'ombre éphémère du phare couvant son arrogante vacuité.

Un an après, partie mesurer ses peurs à l'aune géante des chaussées basaltiques, on la vit, retour d'Irlande, parcourir la côte au bras d'un improbable élu – fade accident du hasard qu'aveuglait son privilège, falot sorti des urnes de son exténuante coterie – qui ne put saisir ce que le recel de ce cœur monomaniaque impliquerait vite pour lui d'amertume térébrante et d'infamante déréliction. Involontaire engrenage tragique, ce fou dansant insoucieux sur le sommier virginal d'Hermine permit à Storvean de comprendre à quel point elle lui *manquait*. Et dans l'univers désinvolte qui ne connaissait généralement du sentiment que l'effort convenu par lequel il s'exprimait si pataudement, il prit à rebours des rieurs la décision qui l'allait mener au sommet : il écrivit ; rompant les chiens ; se sentant libre, enfin, d'aller au faîte sans détour ni laisse, admettant pour seule limite une prose perpétuellement nourrie par l'insatisfaction qu'il ressentait de ne jamais pouvoir qu'imparfaitement exposer ce qui chez elle, imparablement, avait fendu son armure.

Aux bords permanents du vertige qu'il créait, il noircit alors les pages d'une histoire que ses mots accouchaient, inventant conjointement le vase et la goutte qui le ferait déborder, enlevant finalement Hermine vers des hauteurs qu'il n'eût pas même soupçonnées.

Pendant des semaines, leurs lettres firent dévier des pôles l'aiguille lestée des compas. Laissant monter en eux une sève dont les coulures se liraient encore sur le cerne originel de leur souche longtemps après qu'on eut abattu l'arbre qu'elle maintenait au ciel, ils voyagèrent sur les lignes envoûtées d'une correspondance écartant férocement de leur forteresse animale toute personne qui voulût s'en approcher, puis atteignirent une nuit l'allée royale où d'une bouche avide ils gobèrent leur promesse – méprisant, ébahis, le silence oraculaire qui l'eût d'entrée marquée au coin du doute.

*

Une lâcheté me fit espérer que tout s'arrêtât sur ce soupir grelottant dans les boqueteaux d'Uhuel. Mais le roulement phosphorescent des houles auxquelles Elsie semblait puiser ses horreurs mémorielles ne fit qu'accroître d'un râle vétuste et sibilant l'amplitude du séisme qu'augurait son récit.

Ils s'étaient aimés comme on n'aime qu'une fois, *dérêvant* dans l'encens profané des tombeaux, remontant les avenues du temps au rythme effréné d'ébats dont la répétition semblait devoir éternellement conserver l'éruptivité des volcans et la jeunesse du plissement alpin. Leur règne avait abaissé le niveau de la mer. Portant sur les étendues grèges la goutte empourprée des crépuscules au fer de leur lance, ils traversaient sous l'aile du vent des battures incultes, et sans effroi nageaient dans le secret des vouivres au fond des bois.

C'était l'époque où Storvean faisait crisser dès l'aube le gravier livide des parcs ; où, traînant parmi des corsaires endormis la morsure enragée de son absence, il pouvait marcher des heures le long des quais, toisant la poupe des coques qu'on voyait par-dessus les mouroirs éclusés du bassin tendre leurs voûtes d'arcasse au regard des passants. L'aurore fut sans doute aux veilleurs ce qu'Hermine était alors pour Storvean : une surprise nimbée de silènes aux voltiges desquels il ajoutait ses ailes et ses battements, posant pour elle et *dans l'instant* des actes singulièrement déliés de justification.

Cependant, fleurant comme du liseron dans un carré d'éden, une satisfaction lasse, éreintée, le principe saccageur d'un dégrisement tacite, provoqua un étrange affadissement de l'haleine orphique qui avait insufflé sans relâche leur relation créatrice, condamnant ses voiles dont l'âme agacée par leurs scintillements d'étoiles insomniaques commençait de se nécroser. Pris dans le vortex qui les entraînait au fond lascif de l'abîme, ne sachant dire où s'arrêtait leur corps ni où commençait celui du double qu'ils incarnaient réciproquement, ils étaient rapidement devenus l'un pour l'autre – mais sans plus pouvoir mesurer les séquelles irréversibles de son ablation – la partie essentielle d'eux-mêmes : toute la beauté du monde.

Des jours durant ils détournèrent le regard du cancer qui les ravageait. Ils continuèrent à user leurs lèvres en transportant leurs étreintes sous les frontons sourcilleux des capitales européennes, fuyant « la voyageuse de nuit » accoudés aux fenêtres des pullmans, où ils berçaient dans les bruits d'encre la conscience qu'ils avaient, déjà, de leurs atomes froidis.

Dardant sous ses yeux insatiables la blancheur de leurs dômes, les seins d'Hermine – dont il avait hélas épuisé la manne tentatrice – fondirent dans ses mains comme une poignée de neige fraîche ; et avant même qu'il pût distinguer en lui les premiers signes de sa métamorphose, Storvean disparut derrière les bronzes d'un palais que seuls le linge blanc du souvenir et les cavatines de la chaîne mère viendraient désormais visiter.

Dès lors, mû par dieu sait quelle obscure suggestion, il n'auréola plus que leurs débuts. À toute heure du jour ou de la nuit, sifflotant son chant de guerre pour l'armée des reins, on le trouvait le front ceint du voile arc-en-ciel de la conquête, tentant de raviver auprès d'elle le brasier qu'il étouffait lui-même dans l'or fondu du commencement. En dépit de son corps (qu'il dévêtait alors avec un empressement salivaire, trouvant dans son plaisir précoce une joie d'éclair sombre, sauvage et désincarnée), sa présence l'indisposait – il jouait avec une idée.

Intoxiqué par la mémoire de l'objet qu'il croyait perdu, il s'était donc délesté d'Hermine, qui subissant chaque mois une disparition toujours plus longue et moins expliquée vint distraire ses manquements sur les rives de la Sterne, où l'on eût dit qu'elle cherchait à parfaire là – comme s'il devait trouver dans ses vases les chances d'une seconde éclosion – l'œuf avorté de leur geste.

Ses passages du delta, qui lui permettaient d'aborder un continent qu'il n'avait jamais quitté que consumé, rendu, les membres rompus par sa passion dévorante, se firent plus rares ; et le contour choyé de son vice finit également par s'estomper dans ses brumes désancrées. Hermine, elle, devint cette silhouette floutée par les hauts carreaux d'une fenêtre tournée vers la presse homicide des marées, dont elle paraissait observer l'alternance avec une intense curiosité. Cette baie non signalée des cartes, à laquelle elle restait accolée des heures passant dans l'attente chaque jour moins probable d'un retour en grâce du désir qu'elle avait inspiré, était devenue pour les marins croisant la nuit dans les passes un feu blanc fixe aussi fiable que les scintillations bicolores de leurs bouées d'atterrage.

Mais alors qu'elle avait rejeté tout espoir de le revoir, Storvean lui donna soudainement rendez-vous sur la passerelle du fort qui scindait en deux le Grand Chenal de Loguériec.

*

L'odeur sauvage de poudre et de poisse qu'avait pendant des siècles exhalée le château de Trevenez était évanouie depuis longtemps lorsque Hermine et Storvean franchirent au soir de la Toussaint le porche des ducs de Guermeur, dont les armes surplombaient les madriers du tablier par les jours duquel le traversant pouvait voir remuer la mer. De cet énorme gardien de pierre quotidiennement retrempé par l'acier du flot ne subsistait qu'une batterie basse aux sabords pointés sur l'estuaire, par lesquels remontaient les longs bruits de friture que l'onde faisait en s'écrasant contre ses brise-lames dix mètres plus bas.

Appuyés aux grilles des casemates qui renvoyaient dans l'air embué l'écho fantastique de leurs pas, ils battirent le gargantuesque pavage de granit jusqu'au sommet de la tour française, où décalaminant leurs visages, les bouffées aphteuses du vent les figèrent sur place.

Ce fut court : Storvean déchira le manteau d'Hermine en balbutiant les yeux baissés « *qu'il n'y arrivait plus* » ; et sans autre forme de procès précipita le cadavre incrédule de leur consentement aux oubliettes. Désolant le silence du guet, seul le répons aigu des sanglots roula ensuite des casernements déserts aux fonds moussus des canonnières, qui (*sostenuto*) entonnèrent en chœur pour le large l'antienne obscène du reniement.

*

Sa confession mesquine s'était écoulée comme la crue d'un fleuve oppressé, et atteignit Hermine en plein cœur. Quand il osa seulement relever la tête, elle n'était plus qu'un astre éconduit, une elfe rencognée dans la suie voluptueuse du cachot qui tendait sous son suaire ses joues glabres aux gifles du clapot.

Il partit en marmottant des propos d'ivrogne niant les froids du lendemain et – sans plus oser se retourner – crut enfin voir ce qu'il souhaitait s'offrir à lui : un dégagement sauvage, râpeux, âpre, pareil aux friches de mer lacérées où brasillait entre les mâts sa liberté, dont l'image aussi – « un rêve, quoi d'autre ? » – suivrait sans tarder sous les saules l'épave plombée de son illusion.

*

J'imaginais l'étrange démence de ce retour au cours duquel il dut à nouveau fouler la matière molle des eaux, gravant des nœuds mort-nés sur l'onyx liquide de l'infernale et éternelle répétition maritime qui poussait ses bouchains sur le récif dépeuplé d'une nuit qu'il ne quitterait plus.

D'après Elsie pourtant, il avait essayé, de toutes ses forces ; mais sous l'incompréhensible effet des lèvres venues forcer la porte de leur répit, la chaleur grisante qu'il tentait d'isoler l'avait fui goutte à goutte, l'exposant aux humiliantes nécessités d'une satisfaction dégradée.

Quelle incestueuse levure avait bien pu lever en lui cette pâte hystérique ? Et pourquoi dut-il insulter ce qu'il avait aimé sans fard et sans retenue, de même qu'il eût aimé jusqu'aux bergs empêchant ses routes australes ? Je n'étais pas certain que quiconque répondrait un jour à cette question. Au fil des ans, j'avais d'ailleurs fini par me convaincre que son immense talent de solitude, sa rhétorique consulaire, laquée, papillonnaire, dissimuleraient toujours dans ses suspens une part d'émoi qu'Elsie fût bien en peine d'élucider !

*

Quelques semaines à peine après leur rupture, le cœur mal *apprêté* de Storvean parut souffrir du grossissement subit d'un infect abcès. Détruisant d'un coup son apparente sérénité, la rumeur avait traversé l'épaisseur bruineuse des premiers feux, imposant sa raie livide aux vitraux de Beg-ar-Coat – taie spectrale dont l'enflure annonçait les pertes indélébiles d'un monde sans joie, déformé par l'intérêt, le regret, la violence de l'espérance et l'atroce lenteur d'une vie qu'il faudrait dorénavant habiter d'un éveil trouble en regardant apeuré d'autres yeux, d'autres mains, d'autres sueurs s'apparier, qui chaque fois rappelleraient une absence que rien ni surtout personne ne pourrait combler.

Storvean s'était rendu sur les lieux dès qu'il l'avait appris.

C'était un matin paresseux, une aube caillée dans le lait douteux d'un songe septentrional, un jour aboli d'horizon par une opaline clarté qui en mystifiait les repères ; porté par les eaux versatiles du chenal, le corps dénudé d'Hermine venait d'aborder aux quais algueux de Pennbraz, achevant sous la sauvagine les voltes disgracieuses d'une danse qu'elle avait macabrement orchestrée – comme si elle voulût qu'alors seulement *il la reconnût,* et, la reconnaissant enfin, la perdît aussitôt sur ce gué périlleux où l'exactitude avait brisé leur âme en son milieu.

*

… Il me sembla qu'une éternité de silence et d'oubli dut s'écouler pleinement avant qu'on ne vît à nouveau la voie lactée vasculariser d'un sang clair le grand corps des ténèbres. Pelotonné contre elle, j'écoutais Elsie décrire le remords qu'Hermine – ternissant ainsi pour toujours la nacre de leur histoire – avait légué à Storvean, souhaitant muettement que le vent effaçât du ciel l'image spectrale, et comme sortie elle-même des ourlets de velours du caveau, de leur duo lithique.

De ce moment, dévorée par sa narration, la nuit elle-même parut attendre au creux damné des îles l'heure où l'aube d'été dissiperait enfin leurs comètes anciennes. Et tandis que mes paupières s'alourdissaient sous l'effet de sa susurration désenchantée – démonté, fourbu, pénétré des mille coups d'une rosée virulente – je crus soudain voir sourdre des profondeurs fossiles du sanctuaire la figure hâve d'une très vieille déesse mammaire, dont le regard eût noyé dans ses bleus perses toute velléité d'échapper un jour à l'exclusive orbite des mères. Ne pouvant plus bouger le moindre muscle, je vis en rêve la mort se mirer dans l'or des dalles percées et – comme si le coffre des chambres primitives eût soudain cédé sous la pression sinistre d'inconscientes résolutions – entendis Elsie soupirer entre mes bras cet aveu dans la chair duquel je bâtis un monde :

« Je n'en peux plus. »

Chapitre IX

L'ORAGE

Contrairement à ce que la prudence nous eût certainement conseillé, nous débarquâmes le lendemain, le cœur brouillé par l'inavouable souvenir de notre nuit, trouvant dans l'assise fallacieuse de Beg-ar-Coat le réconfort qu'une longue et nauséeuse appréhension nous avait fait rechercher.

De ce manoir campé sur la crête automnale du désespoir, on eût dit d'une forteresse dont les servants eussent camouflé les pièces sous le grain melliflu d'une insidieuse lumière. C'était là vraiment l'antre du dragon. Et feignant de croire qu'en nous cachant dans sa gueule nous pourrions brûler les reflets du miroir que les divulgations d'Elsie venaient d'étamer, nous demeurions cloués à l'huis de notre hôte sorcier – lequel devait espérer de nos ailes propitiatoires qu'elles découragent *la chose* revenue d'Erin honnir les fastes de sa prison dorée.

Montrant à notre égard une affabilité déconcertante, il fléchissait avec une lenteur de sévices les ressorts de son art dilatoire, nous tenant assignés jusqu'aux limites extrêmes de sa torsion derrière la *meurtrière* de son passé.

Car il savait qu'Elsie m'avait parlé, je le sentais. Faisant mine de prêcher le faux pour connaître le vrai, il s'amusait seulement à conforter un embarras que nos vues basses trahissaient probablement trop bien et, profitant de l'avantage, nous égarait cyniquement dans les arcanes de son histoire, tâchant d'en ajourner l'épilogue en escamotant derrière ses voiles d'apparat l'effondrement prochain d'un régime déliquescent.

Chaque soir, *reléguant* ainsi l'horizon, il nous conviait aux liesses ensanglantées de son salon à la dérive ; naturellement il orchestrait nos débats, et – montrant un dédain d'auteur pour les répliques qu'il jugeait indigne d'insérer dans le grand acte de son dialogue dînatoire – nous jetait par-dessus la table des regards mêlés de reproche et de supplication que ses développements entrecoupés d'incidentes compulsives rendaient plus effrayants encore. Croyant par là sauver les apparences, il nous gardait sous les feux mourants de sa rampe, usant sur nous sa faconde et sa fausse prestance, s'inquiétant sans doute de ce qu'une simple circonvolution de sa part ne suffît plus à nous faire patauger dans son triangle des Bermudes. Mais une énième pirouette, il le voyait, n'eût rien changé à l'affaire : malgré l'enjouement qu'il affichait alentour, il savait qu'il était trop tard, *l'âme en nous avait rompu les amarres.*

*

Le retrait toujours plus sensible du jour semblant le terroriser, Storvean se fit plus discret. Durant toute cette période, chacun joua d'ailleurs ses gammes en sourdine, comme si les *forte* auxquels la situation nous exposait dussent malencontreusement compromettre nos petits arrangements avec la sérénité.

Ce fut alors – septembre n'avait guère plus d'une semaine à offrir – que l'incident eut lieu : réveillé peu après minuit par d'étranges inflexions, je le trouvai *in medias res*, apostrophant aux confins déserts de sa salle à manger un hôte hors champ, auquel il répondait en ajustant ses ripostes avec une virtuosité de rhéteur. Je craignis un instant que mon arrivée n'interrompît sa représentation, mais d'un geste sec il m'ordonna de prendre place, et la cérémonie – sur laquelle planait l'esprit malin de quelque joute inexplicablement remagnétisée – se poursuivit sans que ma présence ne parût plus d'aucune façon perturber son déroulement initiatique.

*

Ce que je vis, ce que j'entendis ici, m'apparut ressortir d'une discussion qu'une savante mécanique élocutoire, excluant toute idée d'improvisation, tenait dans les limites aliénantes d'une *pièce* dont le ton seul pût faire oublier l'espace fermé par son cadre ; hors de lui, aveuglé, Storvean démontait les assertions de son mutique contradicteur, fulminant contre les éphésiennes obscurités qui par l'heureuse collision des contraires eussent *à son corps défendant* tranché les nœuds d'une très vieille aporie. J'écoutais sa voix égale et puissante avilir dans cette nuit bernée les attiques ambiguïtés qu'il tentait toujours d'*univociser*, lorsque happé par une sorte de monstrueuse béance, il se tut tout à fait.

Illuminé par des dessous de haine rose, son teint était effroyable. Et ses traits, ravagés par l'obsession solaire qui parut peu à peu les momifier, montraient à présent toute la vanité de son absurde transe cathartique. Il y avait dans la délirante phénoménologie de ce conflit une part codée, la violence mimétique d'une lutte scénarisée, ritualisée, un combat de *sumotori* qu'une irruption profuse du sens eût soudain privé du vide éclair de la pesée – laissant Storvean flotter dans le souvenir d'une époque qu'il s'ingéniait à réinterpréter en écoulant ici le sang blanc de ce « *Pierre manquant* » que sa jalousie, sa colère de *possédé* avaient si injustement banni.

Elsie m'avait assez fait comprendre à quel point il aurait pourtant aimé tourner la page, abandonner cette posture d'enrôlé qu'il disait n'avoir adoptée qu'à contrecœur – simplement parce qu'en face de Pierre il fallait *être* aussi dur qu'un objet, aussi cerné qu'une nature morte, être un « *soi-sûr* » quand le H muet d'Hermine suffisait alors à l'aspirer…, mais hélas, dès qu'ils se trouvaient un peu plus que de raison en présence l'un de l'autre, la dispute reprenait, surnaturelle, obèse, autonome, fuguant son thème en un murmure qui devenait ru, ruisselet, puis ruisseau, torrent et cascade, et atteignait jusqu'aux grands jeux des chutes qui les portaient au dernier degré d'exaltation.

J'assistais donc à une conversation qu'il avait déjà dû mimer cent fois – où cent fois la même rage vitale dut tenir ses positions sous les orgues de l'adversaire. Et s'il me fût difficile de dire avec précision ce qu'il espérait ainsi démontrer, son refus qu'on pût tirer d'un mythe le moindre enseignement semblait on ne peut plus clair ; ses désirs comblés lissant son ambition, il ne voyait dans ces récits qu'une triste rumination, une concision servie par des rouages paraboliques, qui tournant à vide dans l'espace, répétaient à l'infini le destin d'Ixion. Pour lui, joué, parlé, réfléchi par des marionnettistes libidineux dont les humeurs anéantissaient systématiquement ses calculs candides, le héros tragique ne faisait que se balancer au bout d'une corde en suivant les pulsions de l'Olympe ; pris dans les serres de la fatalité, ni libre ni arbitre, il n'était que le terme vain d'une germination faisant ironiquement renaître ses graines sur un *pré contraint*.

Aussi, à mesure que Pierre convoquait sur les calcaires ses cortèges dithyrambiques et ses nuits d'initiés, Storvean – voyant les nues femelles pervertir la volonté des mortels, et les vents bleus d'un éternel été pousser dans les flammes des guerriers torturés par l'angoisse et la culpabilité – tentait de rehausser la cotte des chevaliers errants qu'Arthur dépêchait barbes en fleur dans les Bretagnes à la recherche du *Saint-Bol*. Malheureusement, il était impossible de ne pas percevoir dans la défense de ce dernier une différence d'intensité, un rien de trouble, de brouillon, d'inabouti ; un savoir de pure opposition, incantatoire, factice – incapable dans tous les cas d'égaler l'intime connaissance d'augures qui par d'extraordinaires détours l'eussent également mené à la prospérité… si seulement le corps d'Hermine ne les eut pas incessamment faussés.

*

Il avait un air abominable. La chemise droite, le dos parfaitement raide collé au bois tourné d'une cathèdre, il n'était plus que « l'ombre du guerrier ». Un instant après, dévisageant son interlocuteur imaginaire comme s'il eût joui d'un triomphe sacré, je le vis relever son menton et me lancer une œillade si satisfaite que j'eusse souhaité me trouver n'importe où plutôt qu'éprouver là ses débordements d'interné.

Deux ou trois spasmes purent encore lui arracher d'infimes interjections, mais c'était fini : comme le pic d'une phase épileptique, la crise, excessive, était passée ; son regard avait de nouveau perdu toute consistance, et ses dernières paroles en expirant semblaient l'avoir consumé de l'intérieur. Résurgence de quelque aulique superstition, un croassement funèbre dérangea les intolérables crus de silence bourgeois qui dévalaient les vomitoires de son théâtre d'ombre, puis rien ne parut plus sinuer dans la salle muette que les langues rubicondes des flambeaux – les gouttes de cire dressant progressivement sur les corolles argentées des candélabres d'excentriques stalagmites témoignant seules ici de la laborieuse reprise du déférent et versatile travail du temps.

*

Je le trouvai terriblement las. Ses muscles, usés par les années de pénitence qu'il s'était imposées, avaient fondu, séché sur ses os sveltes et brillants. Devant le chœur pressant des trépassés auxquels il confiait le soin d'apprécier le poids de ses crimes, il m'avait fugacement entretenu des enjeux occultes d'un âge disparu, espérant peut-être me voir infléchir la gravité d'une sentence que sa farce camarde tentait également d'atténuer; mais comment eût-il craint aujourd'hui la prononciation même d'une peine capitale? Maîtresse incontestée du jeu, *l'imposture* avait depuis si longtemps infiltré le mille-feuilles micacé du manoir, s'était à tel point montrée sa plus sûre et sa plus fidèle alliée, qu'on n'apercevait déjà plus au-dessus du domaine que l'ombre mancenillière du pavillon qu'elle tenait éployé sur ses tenures, gommant jusqu'au corps perdu – chair ardente aux rameaux desquels elle-même se fût écharpée, corps noyé dont les os bruissant d'humides transgressions avaient fait de lui son grand prêtre et son *lieu*.

Après qu'Hermine eut quitté Pierre et Storvean, la pente oxydée de leur relation glissa lentement sous la mer. D'abord semblables à deux déesses boudeuses, ils firent en sorte de s'éviter, cloîtrés dans leurs régions du soir où, rêvant de mauvais conseils, ils regrettaient les moyens de foudre du passé. Et puis, au mitan d'un hiver à bourgeonnement précoce – traîtreuse saison dont l'ardeur dissimulait l'imminence de ses prochaines gelées –, Storvean demanda à Pierre « *de ne plus jamais remettre les pieds à Pennbraz* ». Hormis le squelette endormi des arbustes qu'on voyait succinctement émerger des chemins de garde, tout, m'avait dit Elsie, paraissait enfondu dans l'irréalité grisâtre d'un songe introuvable quand le surlendemain, emportant vers un autre avenir tout ce qui avait été sien, Pierre franchit solitairement les cols de l'Arz, laissant l'ubuesque margrave d'Uhuel cuver tranquillement sa folie derrière les nuages.

*

Il faisait lourd. L'air grondait de craquements brefs. Imitant leurs ancêtres pesteux venus d'Orient porter l'hécatombe sous les magnolias du Grand Turc, une théorie de rongeurs crépusculaires traversa les bandes savonnées du parterre ; et comme je regardais son œil de faune cligner chaque fois qu'une nouvelle vague de nuit venait submerger les sombres héraldiques de sa ligne de rive, je compris soudain qu'il n'y aurait plus de répit pour Storvean, plus de sursis ni de relâche, plus de quête ni d'objet secoué des palpitations vermeilles du désir. Jeté hors de lui par son maître fantôme, il survivait au milieu de ses meubles séculaires ainsi qu'un naufragé sur un radeau de fortune, loin de la Cour du roi Marc, des philtres d'amour, des torrents insomnieux et des îles Fortunées. Un silence de reddition avait envahi le fond des forêts d'où il tirait ces fruits polis auxquels il aimait brûler son palais, ne dérangeant plus que par le mâchonnement maniaque de leur chair la quiétude des ifs au centre desquels il étendait hier son sommeil conquérant. Pourquoi avait-il eu peur de lui, d'elle, d'eux, finalement ? À quel moment avait-il lâché prise ? Devant quel nuage porteur d'événements restés jusque-là sans rapport (mais que leur collusion grotesque dut furtivement transformer en *intersigne*) avait-il mis en fuite ? Comment, alors qu'il détenait insolemment l'avantage du vent, put-il se résoudre à amener ses couleurs pour retrouver dans de secrets abysses les très riches heures de sa mélancolie ? Que put bien fixer la sonde noire et dédoublée de son regard ce jour où, sirotant son mezcal, il décida d'enterrer dans la grange le talent qu'il tenait entre ses doigts pour s'abîmer dans la morfondante contemplation des tableaux d'Elsie ?

*

La lumière fléchissait ; une chaleur anormale étouffait la salle ; on eût entendu les fractions de seconde accomplir leur sinistre besogne de termite. Coupé du monde, Storvean demeurait prisonnier de son manège enchanté, « Kniébolo » déplaçant à fresque ses divisions anéanties cependant que la guerre et la défaite rapprochaient de son *Beg* leur déluge d'acier.

À le voir se débattre en chaire dans les filets de sa caricature, ânonnant un conte donnant l'impression qu'Hermine et Pierre – pour lesquels il avait à jamais cessé d'être le favori des pages – n'étaient qu'une émanation des palabres que nous tenions sous ses pins, je craignis que ma propre réalité ne s'effaçât à son tour dans ses brumes ravaudées.

Des coups de tonnerre qu'on eût dit sortis des prodigieux espaces d'une scène lointaine résonnèrent alors dans le ciel, répandant à l'intérieur de la pièce une onde métissée de cuve siphonnée, de grognement cavitaire et d'affleurement tectonique dont il parut tout particulièrement appréhender la retenue préambulaire. Après qu'il se fut assuré de la complète dissolution des soupirs de grotte qui venaient d'ébranler ses murs, je le vis solliciter péniblement ses quatre membres pour se lever, puis parcourir au ralenti – comme si quelque tare antérieure l'eût compressé – l'infime distance qui le séparait des fenêtres de la salle, aux vitraux desquelles, n'en pouvant mais, il appliqua très calmement son front brûlant.

Sur le point de défaillir, il maintint un long moment

sa tête appuyée aux vergettes du panneau dont la résille répercutait les semonces de l'orage approchant, pivota sur ses talons, et abandonnant la matière grise et réticulaire à laquelle les gros vaisseaux vibratiles de ses tempes parurent brièvement donner vie, traversa de nouveau la pièce pour aller soulever la clenche de la porte de service – que son déguisement équivoque désignait comme l'endroit même où dussent s'ouvrir « les souterrains d'Allemonde ».

*

Déambulant à mon tour dans la puanteur du corridor qui l'avait engouffré, je le suivis jusqu'au perron sur la première marche duquel, debout, il examina longuement les formes imprécises et silencieuses de la forêt, puis m'effaçai, le laissant seul face aux décharges narcissiques du dieu dont les éclairs, pareils aux balles traçantes d'une lointaine préparation d'artillerie, hachuraient l'épais catafalque de la nuit.

Enfin le ciel creva, levant brusquement une mousson à rompre les arbres qu'elle agitait d'atroces convulsions, tordant en tous sens leurs grappes de feuilles martyrisées par la cataracte, qui au même instant s'abattit en tonnant sur les épaules de Storvean.

Chapitre X

LE CALVAIRE

Toujours sous l'emprise de cette averse mal ressuyée, je m'éveillai le lendemain de bonne heure, et décidai d'abandonner Beg-ar-Coat le soir même. Habité par la crainte qu'un nouvel événement ne survînt durant les quelques heures de haut bord qu'il me restait à passer auprès de Storvean – désireux aussi de ne pas compromettre mes projets en ayant à les exposer devant qui que ce fût avant la tombée du jour –, je m'enfonçai dans la pinède, arpentant ses travées ensommeillées à la recherche d'un accident qu'eût au hasard découvert le martèlement excrémentiel de la foudre. Là, sous un ciel que l'aube avait purifié des scories de la veille, d'inquiétantes anfractuosités béaient dans le sol roussâtre de la forêt, dévoilant les fontaines autour desquelles gravitait une onde tempestiaire et maléfique dont la futaie répercutait cathédralement *l'hostilité*.

Trouvant au ramage cette sorte de réserve, ces qualités particulières de vigilance et d'alerte de l'espèce menacée, je voguai un long moment entre les pins quand une arche luisant bizarrement au bout d'une sente à demi sauvage résolut brusquement la poursuite de mon exploration.

Irréellement suspendus parmi les lierres arborescents, ses claveaux titubants dans le tressage des lianes me firent alors hésiter à m'élancer plus avant dans le piège trop évident de ces bois, où le labyrinthe affamé des halliers – que les rares lances de lumière transperçant obliquement l'obscurité roide et crépitante des plants révélaient dans sa mathématique simpliste – s'ouvrait anormalement au regard. Mais quelque motif que j'eusse de résister à ses invites, j'avançai vers l'arche iridescente, me demandant quelle maligne « allée d'apparition » elle pouvait bien desservir, et redoutant à chaque instant de percevoir tout près de moi l'ogresque écho d'un pas qui ne fût plus le mien.

Au moment même où j'en formulais la pensée, je crus entendre par-dessus le volettement des mouches qui dialoguaient autour des mares qu'*on* foulait le sol à mes côtés. Refusant d'abord de céder à la panique, je me contentai de presser l'allure, trottinai quelques mètres, puis me mis à courir droit devant moi, sans réfléchir, comme saisi par l'atroce sensation d'une extrême vulnérabilité, accélérant sans cesse pour échapper au souffle hideux et rapproché de « l'éprouveur » qui forçait mon cœur à pomper aux sources d'un fleuve inconstant un sang que mes artères peinaient à refluer vers les plus impénétrables régions du corps.

Égaré dans la banalité magique de la sylve où j'eus craint jusqu'au bout d'éveiller en leur lit la mort et son gardien – je passai l'arcade, et butant à court de force contre le nœud patiné d'une vieille racine, chutai lourdement dans les ronciers qui fourmillaient aux abords du chemin.

*

Lorsque je me redressai, endolori, le col déchiré, les mains meurtries, le visage écorché, Elsie se tenait assise à deux pas sur une ardoise lessivée, les yeux écarquillés devant une *passion* découverte par les violences récentes de l'orage, et qui sèchement tirée de ses limbes paradoxaux donnait au milieu des troncs graves l'impression d'une mystérieuse nécessité scripturale.

Les genoux ramenés contre la poitrine, haletante, en sueur, et tenant pour m'enjoindre de me taire son index droit en travers de la bouche, elle contemplait ahurie les décombres rehaussés du calvaire, dont l'autel bruissant – que son isolement et le ténébreux acharnement du caprice arborescent avaient arbitrairement soustrait aux us des pèlerins – devait jadis cranter la roue d'éminentes troménies.

Face aux marches fraîchement dégagées du socle quadrangulaire – honteux, et vaguement ému par le nonchaloir de cette croix s'érigeant ainsi qu'une grande idole pétrée sur les tailles de sa cellule végétale –, je pensais aux sinuosités qui, comme si nous eussions sacrifié à quelque nymphéale obligation, nous avaient simultanément conduits à ses pieds.

Ourlé par les fuseaux virginaux du soleil que le feuillage vernissé des essences blutait, le fût en écot – flanqué de piliers lisses à l'extrémité desquels agonisait un larron hirsute et grimaçant – comprenait deux traverses historiées, dont la plus large, dominant l'affliction des Maries, supportait la monte étroite de cavaliers semblant rêver à ces sortes d'aventures immobiles qu'on n'eût jamais contées qu'aux gens de pluie.

Nous fixâmes longuement les figures tourmentées de ces personnages attendant depuis des siècles sous leur ciel de théâtre un mot qui les redressât... avant de nous apercevoir qu'une pièce maîtresse de leur mystère manquait toutefois à la perfection de sa monumentale scénographie ; couché dans l'humus roux et odorant, le Christ incrusté des mousses qui l'entachaient d'innocents stigmates avait en chutant silencieusement des hauteurs du gibet laissé sa croix désigner celui qu'elle visait : si devant nous l'écorce ridée de la mer formait encore en amont des roches sommitales de Pennbraz une mince barrière scintillante, au-delà, il n'y avait plus que l'île – et Warroc !

Chapitre XI

LA TRAQUE

Son nom – que l'alignement de Kernic et de la croix avait si fantastiquement suscité – claqua dans ma tête comme un coup de fusil. Longtemps la morne traîne de ses lettres défila dans l'échancrure des cyprès, s'imposant aux songes lamés d'oubli des lieux avec la résonance prophétique de ces voix que les cirques soudain saturés d'anxieux et persistants appels épanchent assourdies dans l'éther.

Je ne pouvais plus m'arrêter de le répéter, cherchant par tous les moyens à dompter son énoncé derrière lequel *s'entendaient* ensemble la furie madrée des razzias, l'obliquité des premiers rois bretons, l'anéantissement des cavaleries franques, qui certaines nuits, disait-on, feufollaient sinistrement dans les mousses impaludées des tourbières de la Marche. Mais quand décrut l'incontrôlable flot d'associations qu'il avait libéré, dans le noir qui m'étreignait – ce noir d'impasse, polaire, antérieur, aurignacien, dans cet « outrenoir » trémulant, pariétal, cet horrible noir de réduit, vivant et tout secoué de louches reflets – l'évidence de ce que nous devions faire m'apparut avec la pénétrante étrangeté d'une vocation :

l'affronter promettait de combler les blancs d'un scénario dont la construction singulièrement perverse avait ajourné les conclusions auxquelles le lecteur capable d'embrasser simultanément ses révolutions gémellaires fût aisément parvenu – il nous revenait maintenant d'en dévoiler les vices.

*

La matinée s'échauffait. Miraculeusement essoré, le ciel pleuvait à grosses gouttes bleues sur les bras pâlissants du calvaire, d'où les santons perclus dans leur rituel funèbre paraissaient lester d'incertains présages les secrètes intentions de la sylve. Plus rien ne nous retenait ici. Il fallait confier nos derniers parjures au vieil évangile de pierre, et suivre désormais ce que l'intuition nous dictait en nous engageant sur le chemin semé d'embûches qu'elle ouvrait devant nous.

Épousant alors l'accidenteux modelé des bois, nous flottâmes pareils à deux lugubres gondoles sous la coupole balancée des cimes arborées – pris à cet hameçon d'azur, d'eaux vives et d'aurores fratricides auquel avait si profondément mordu l'imagination d'Arthur Storvean.

Ce que nous avions laissé derrière nous, ce que nous croyions encore protéger, disparaissait déjà de nos pensées lorsqu'après une longue marche alentie par les frondaisons de très hauts arbres au port déconcertant, nous débouchâmes sur la clairière de Kerhun.

À quelques pas affourchée sur ses ancres flottait la grange, et autour d'elle – éclipsant la concurrence alexandrine et prophylactique de plus faibles prédécesseurs –

l'oppressante mélodie du vers qu'elle paraissait incessamment psalmodier :

Eloigne-toi de ces lieux maudits ;
ta place n'est pas ici.

Cependant une espèce de grincement – un miaulement plutôt, bizarrement plaintif – nous poussa vers l'entrée du bâtiment écrasé d'ombres dans le remuement vague desquelles nous perçûmes d'emblée les signes alarmants d'un anormal relâchement. Habituellement fermée, la porte oscillait sur ses gonds rouillés, émettant de brèves stridences félines que le pêne – observant un curieux rythme trochaïque – concluait chaque fois en revenant heurter chastement la gâche de la serrure. Sentir en cet instant ses cheveux frôler ma nuque fut une singulière souffrance ; comme si, parmi les chairs antécédentes dont elle dût n'être ici que l'évanescente et funeste prolongation, j'eusse soudain *réalisé* la présence d'Elsie avec l'immédiate et déchirante clarté de quelque inguérissable réminiscence.

Sur ce, la porte à nouveau donna sur les remous d'âtre de la grange, semblant nous inviter dans un bâillement de crédence faussée à éventer ses vieux secrets d'alcôve rêveuse et tremblée.

*

Le vent qu'on entendait siffler entre les dormants dégorgeait au-dedans des bouquets iodés de large et d'algues de rive, atténuant dans la pièce qu'ils empestaient l'odeur vireuse d'une brassée de lys fraîchement coupés. Au bout de quelques secondes, la pupille dilatée par la peur et l'obscurité, nos regards accommodèrent. Son bureau m'apparut en tout point conforme à celui sur lequel j'avais annoté mes lectures, et pourtant, un spasme aigu contracta chacun de mes muscles : il n'y avait rien qu'un cerne oblong, le témoignage pulvérulent d'une subite vacance – mais j'étais certain de n'avoir pas déplacé le fusil qui sept jours plus tôt reposait ici ses âmes lisses, barrière de corral contenant au nord des cartes le déferlement panique du tempétueux troupeau des lames.

Je m'approchai d'Elsie, dont l'expression indiquait assez ce qu'elle redoutait pour continuer à tergiverser. Reculer n'était plus envisageable ; armé du seul objet qui pût mettre un terme à ses fabulations, Storvean possédait de fait une avance confortable, et après ces journées de rumination, la simple perspective de quitter le silence cuirassé du manoir – dût-elle paraître effrayante, ou peut-être même parce qu'elle l'était, justement – nous enivrait déjà.

La brusque aggravation d'incidents déjà versés dans l'épilogue contraint alors nos cœurs à suivre une cadence dangereusement soutenue. Tournant le dos aux corps démeublés où s'évanouit la vie d'ange aptère qu'avait avec une dérision méphistophélienne menée sans elle notre hôte gris – attirés, tractés presque, par le rempart primaire, déchiqueté, tranchant, des saillants défendant les sommets hantés de l'île Kernic –, nous nous lançâmes éperdus sur des sentiers rares et mal délimités, ignorant leurs pièges, saccageant les excroissances d'arbrisseaux dont les membres courts lacéraient nos basques, et tels deux fous débuchés du taillis surgîmes à l'entrée de la

Pointe pour tenter de stopper à temps l'infernal mouvement d'horlogerie que nous avions enclenché.

*

Par les plages et les dunes rendues à leur solitude originaire, nous marchâmes donc, les jambes rompues par l'excitation, longeant l'estran désert, remontant les flèches de sable au travers des pourpiers, marchant dans la saison finissante comme si nous ne dussions plus jamais nous arrêter de marcher.

Sourds aux clabauderies des grèves, nous ne reprîmes haleine qu'auprès du col départageant les pans est-ouest de la péninsule ; on entendait d'ici vrombir les campaniles dont l'imposante rectilignité scandait le pourtour de la baie – donnant le sentiment que toute la côte, attendant d'une volée décisive qu'elle rétablît pour des siècles son calme céruléen, eût soudainement appelé à sonner le tocsin. Nous nous remîmes en route, résignés, écartant avec peine les crosses de plus en plus denses des fougères, étrangers l'un à l'autre au point de ne plus percevoir dans nos pas de côté qu'un reflet de notre propre dualité. Quand nous parvînmes au bout du déambulatoire jouxtant l'encolure de Pennbraz, les vagues avaient pratiquement dégagé l'étroite chaussée qui devait nous permettre de passer à pieds secs sur Kernic.

Glissant à tomber sur le terreau grège et graveleux qui roulait entre les boqueteaux rachitiques du versant oriental, nous redescendîmes au niveau de la mer, où le panache bosselé de la Queue de la comète partageait uniment les eaux mortes. De là, dérapant sur la chevelure des têtes de roche qu'un ambre gras faisait luire dans l'expectative des « premiers douzièmes », broyant les coquilles des moules naines nichées dans les filons déshydratés de la passe, heurtant des galets bancals qui tombaient dans les creux noirâtres du soubassement aqueux en une détonation étouffée, nous nous transbordâmes sur Kernic, mollement éventés par une brise saline dont les expirations ébouriffaient sur ses hauteurs la permanente alanguie des grands pins.

Rien sur ces monts interdits ne trahissait la présence d'êtres vivants. Sous l'œil étale de la mer, l'îlet irradiait une lueur d'incendie, aguicheuse et dolente, ruissellement zénithal d'une plaie que nul n'eût su cautériser. Empêchés par la sournoise inclinaison des sables, nous laissions sagement qu'une heureuse contraction nous permît d'échapper au suave ensorcellement qui nous maintenait sur ses marges, mais l'île ne bronchait pas. Ses proéminences mordorées restaient silencieuses, et le vent autour d'elle s'était tu. Ses grèves à nu, Kernic parut dès lors entamer une gigantesque apnée sous le soleil tiédi. Libres de tout soin, d'étincelants serpentins animaient d'une magie sinueuse la sombre rectitude des fûts, et malgré les accrocs qu'y avait faits Storvean, sa robe de roche luxueusement galbée sur ses arcs adamantins évoquait la fleur du monde souverain, un hymne d'apaisante pureté, un enchantement guérisseur dont la corolle ajourée par l'incessant rongement des houles eût à jamais chassé les nuées.

Ainsi engourdis par le chant cristallin qui semblait continûment jaillir de ses voies secrètes, nous sentions d'instant en instant l'ivresse nocive de l'oubli nous gagner quand de gros quartiers de falaise s'effondrèrent d'un coup dans l'entonnoir broussailleux d'une ardoisière. Le crépitement cassant de l'éboulement nous tira de nos rêveries, et les trachées ténébreuses du fusil – remontrant l'édifiante sécheresse de ses gorges et leur noir de lit clos – nous revinrent aussitôt à l'esprit.

*

Nous fouillâmes les mornes, les sables, les sentinelles, les cirrus envergués comme des suaires sur la misaine d'invisibles vaisseaux : Storvean demeurait introuvable. Une fièvre mauve commençait d'éclabousser les coteaux buissonneux qui s'accotaient à la retraite de l'écrivain, qu'on apercevait plus haut : bastion d'airain défendu par une transe arbustive dont les dards, barbelant rageusement ses perrés, désappointaient l'invasion. Tortillant son corps de larve dans le cocon dilapidé d'heures creuses que l'infrangible et minutieux suicide des minutes reprisait à l'infini, l'hésitation nous éparpilla jusqu'à l'extrême fin de l'après-midi. Le fléchissement avéré du jour exaspérant en nous l'urgence d'agir, nous patrouillions l'étendue, incertains du parti qu'il fallût prendre, musardant sous le ciel de mauvaise nuit qui l'obscurcissait à pas feutrés. Nul aboi n'accusait les lointains. Les voiles au loin s'estompaient, et n'étaient d'infimes ramilles berçant au vent leurs jointures fatiguées, il était devenu difficile d'imaginer que quoi que ce fût pût encore déranger l'inquiétante impression d'immobilité qu'engendrait cette lande saisie par la perte, lorsqu'un nuage d'huîtriers survola la bruyère du plateau à pleine vitesse.

Nous suivîmes l'escadrille jusqu'à la voir distendre ses pôles pour ne plus dessiner devant les eaux qu'une ligne piaillante, qui piquant là, s'annula brusquement sous nos yeux. Le sol reprit ses droits. Je me détournai lentement de l'abîme et entrepris d'escalader le raidillon qu'Elsie venait de monter, m'appuyant à mon tour au parapet croulé du tertre depuis lequel elle admirait le dôme d'un petit belvédère – dont l'élégance palladienne semblait organiser le chaos flavescent des roches qui mâchuraient sa colonnade en contrebas. Guindée comme une échelle de corde, une pente tombait sur les marbres du pavillon que nous gagnâmes à la hâte, courant presque sur le lit bruyant des gneiss qui dévissaient à notre passage. Là, « repris par la beauté », je me postai entre les tambours emplantés dans le flou antique et demi-lunaire de la terrasse, jalousant l'effarante paresse ultramarine à laquelle s'adonnait sans fin ni trêve l'insoucieuse étendue mobile quand au bout d'un certain temps – de même que je me fusse machinalement avisé de l'amenuisement d'un bruit familier – je constatai l'absence d'Elsie.

Je la pensais toujours derrière moi, rêvant à ces volées d'oiseaux tissant hors des brumes leur trame cisaillante, mais il n'y avait rien ici qui montrât autre chose que les déchirures littorales de l'île… aux confins de laquelle elle semblait avoir proprement disparu ! Je l'appelai plusieurs fois ; son prénom s'éfaufilait dans la plénitude indivise du soir ; pas de réponse. Un silence gras, amoral et magique abrutissait toute forme de vie. Où était-elle ? Brûlée par un air de sape, ma respiration se fit plus haute, plus difficile. Et très vite, malgré la douceur des combes, les rayons d'orge du soleil et l'aplomb des rochers navrant l'extraordinaire obstination des marées, confus à ne plus savoir où poser le regard dans cette aire vierge cernée d'impasses, je retrouvai – avec l'extravagante accélération du pouls censée la réifier, fantôme asynchrone remonté du depuis longtemps refoulé – l'écœurante et familière cinétique de *l'angoisse*.

*

Ces hoquets noirs dispersés par le vent, il n'y eut plus que moi, perdu de cordée sur le rivage crevassant, absolument seul et atrocement présent à ce monde bleuté sans glaciers ni neiges, qui vacillait dans mon malaise. L'illusion d'un calme intégral parut un moment couvrir le murmure lancinant d'un manque mystérieux, et puis, amplifiée, eût-on dit, par une incompréhensible chambre d'écho, une voix arctique traversa les bosquets d'aulnes enracinés à quelque quatre ou cinq enjambées du belvédère derrière de grosses mottes d'herbe sale. Ce chuintement enfanté par les bois me dégrisa brutalement : il y avait donc un moyen, certain diverticule secret par lequel il avait cheminé, un passage invisible et tout proche pouvant également mener à sa source ! Le son paraissant s'être égaillé dans leurs bras grêles, je m'approchai des arbres noirs, décelant par-devers l'enchevêtrement l'imminence d'un chemin creux – sillon torrentueux courant à vau-l'eau sous son ciel de sinople, mais dont la direction ne laissait malheureusement guère de doutes sur sa vocation de cul-de-sac.

J'entrai pourtant sous les branchages, et – quoique croyant très tôt devoir achopper à la muraille de schiste – commençai de descendre le cours du ru sablonneux.

*

Souvent mes cheveux accrochaient la voûte chenue – cacochyme accolement de végétaux noueux, mains de vieillardes onguleuses et crochues, qui me retinrent dans le crépuscule de leurs doigts feuillés jusqu'à ce qu'assez éloigné je visse leurs phalanges se desserrer, s'écarter, puis dissiper tout à fait l'ombre écaillée du chemin qui débouchait là sur un aplat de terre sèche, où face au soleil mollissant – altière, campée sur ses jambes sublimes qu'un écart de défi rendait plus désirables encore, attirant lascivement sur le voile diaphane de sa jupe les serpents déchus d'un or que cette cynique blancheur outrageait – Elsie m'attendait.

Derrière elle s'ouvrait un profond boyau, sorte de bief coulé à sec dans les entrailles insulaires qu'une tenace odeur de salpêtre emplissait d'un sulfureux mystère. Lointaine subsistance de la guerre, il miroitait entre les grimpants poussés de part et d'autre de la béance qu'ils passementaient d'épais frisottis verdâtres.

Sans doute eussions-nous mis à profit l'instant de crainte ou d'attention qu'eût exigé de notre part l'esprit complice qui nous soufflait d'entrer dans cette bouche élongée de vices inconnus, mais un consentement mutuel immédiat – et largement négligent des risques qu'il y eût d'évidence à nous aventurer de la sorte sous ses voussures – nous jeta naïvement dans la galerie.

*

L'étayage rabattit d'emblée sur nos têtes un fleuve bitumeux, affluant magistralement son noir de mine sous les fausses côtes du rocher. Rapidement, la rémanence même du jour s'effaça. L'obscurité palpitante dressait sur nos pas de grands tableaux de velours au travers desquels nous passions à tâtons, raclant d'une main pleine de pressentiment les rampants lugubres de ce vestibule égaré, qui délovait par-devant l'île son viscère moutonneux.

Durant une éternité, nous avançâmes sans plus sentir autre chose que les rugosités latentes des parois, sans conscience du haut et du bas, du courbe ou du droit. Incapables d'apprécier depuis combien de temps nous marchions, nous divaguions parmi les profondeurs hallucinées, et voletant comme deux insectes dans l'antre aveugle d'un lézard, songions que nous ne sortirions peut-être pas vivants de ses méandres viciés.

Un gris d'aube délinéant plus loin les fonds charbonnés du tunnel redonna néanmoins quelque consistance à notre progression ; et bien qu'il fût toujours impossible de distinguer la moindre issue dans leur prolongement, appréhendant jusqu'au dégoût l'éboulement et l'impasse, nous continuâmes à sonder ses membranes étranglées, entretenant seulement dans l'appendice phosphorescent de l'intestin qui nous avalait le trouble espoir de retrouver promptement l'air libre et les faisceaux du soir.

Or, une centaine de pas plus loin, oblitérant la passe, une forme enrubannée d'ironiques lividités se dressa devant nous. Un instant, une terreur claustrale, primitive, une frayeur de bête, invasive et ventrue, nous déborda. Tout semblait poisser d'écœurante matière. Nous nous tenions face à cette sordide manifestation comme des rats d'égout pris au piège, et, sous le choc, conçûmes dès lors l'odieuse démence qui nous enfondrait dans ses ténèbres murées. Car, si grotesque et pathétique que cela pût paraître, *nous n'estimions plus pouvoir faire demi-tour !* Et l'eussions-nous osé, que les très nombreuses dérivations abouchant ce souterrain gréé de psychés nous eussent laissés grouiller à jamais dans les ténébreuses sections de ses *in pace*.

*

Nous mîmes du temps à recouvrer notre calme. De fait, outre l'idée que nous nous sentions condamnés à suffoquer, l'obstacle qui nous barrait la route ne pouvait pas être naturel. Il était là, monté tel un écran d'oubli, simple tombée de briques trivialement étagées – sa restauration récente pouvant toutefois autoriser les pires conjectures quant aux motivations raisonnées de son concepteur.

La présence inopinée de la lumière contre cette clôture rigide et froide d'où elle paraissait émaner – respirant et bougeant entre ses barlotières comme au verso d'un vitrail fluant et opalin dont elle eût tiré ses onctueuses modulations chromatiques – conférait à la substance même du mur qu'elle animait l'aspect singulier – et bienfaisant – d'une tiède et scintillante rivière. Mais donnant tout à coup l'impression d'inverser elle-même son cours, l'onde mutine sembla remonter à ses origines, rougeoyant une dernière fois nos regards avant de se perdre entièrement dans l'affolant assombrissement de la crypte. De nouveau, la nuit brusque et oppressante altéra nos perceptions. En vain, sans doute, mais posément cette fois, méthodiquement, d'un geste qui n'ignorait plus rien du caractère vital de sa méticuleuse exécution, nous recommençâmes à palper les briques à la recherche d'une malfaçon qui nous permît de les desceller, quand un soupir timide, mais régulier, nous porta vers l'extrême droite du mur, où dans la masse compacte des fondations insulaires bâillait un puits assez large pour qu'un homme seul pût s'y glisser sans heurt.

Ventre et dos collés aux parois aqueuses, nous forçâmes l'allure, remontant à grands pas chassés la roche frigide et castratrice de l'île, que l'étroit conduit transperçait de part en part.

Enfin, le soleil fondit par-devant les bracelets d'ombre du tunnel. Nous sortîmes en plissant les paupières, vaguement étourdis par le parfum des résineux dont les arômes boisés saturaient l'atmosphère et nous montaient à l'âme aussi épaissément qu'un encens de pagode. Trois mètres au-dessus de nous, de grands yeux crânes surveillaient les eaux tourbillonnaires de la Manche, lançant aux voiles baladeuses de longs éclairs pourpres à travers la feuillée. Ainsi bâtie sur la gorge veinée qui portait en sautoir ses légions prolifiques de lichens fauves et d'églantines, la tanière de l'écrivain se tenait à l'orient du manoir – adresse aux croisées derrière lesquelles notre hôte décantait ses faiblesses dans le secret espoir d'en communiquer la religion.

*

Cette fois, nous eûmes vraiment le sentiment d'être *rendus*. Après avoir longuement quêté le vent de face, nous nous trouvions devant l'objet de notre traque comme deux chiens d'arrêt avant la curée, attendant sillonnés par les décharges d'adrénaline l'ordre de couler vers l'autour dont nous devions ici rompre le vol. Sur les côtes levantines, de petits nuages gonflés d'ennui mouchetaient la soie lustrée du ciel que nous regardions bleuir, contemplant dans leur lente transition l'horreur filée du songe qui depuis des jours nous poussait sur l'hier assassin de Storvean. Nous profitâmes d'un intervalle délicieusement élusif, puis juste avant six heures, un crissement de verre brisé nous fit lever les yeux vers le logis que nous pensions encore inoccupé. Les événements se précipitaient ; on eût dit qu'ils se répercutaient, s'étendant d'impatience à nos corps figés comme des poutres dans un froid paralysant. Il n'était plus que d'investir la scène. Et tandis qu'à bout de recours je croisai les doigts en étrier pour porter Elsie à hauteur de la lucarne qu'on avait forcée, sous cette bouche fontaine d'où ruisselaient ses accents vénéneux, j'entendis la voix élyséenne de Warroc – voix de faune, préludaire et flûtée – *amorcer les phrases* qui déferaient à jamais « le lit triste » de leur querelle.

Chapitre XII

L'EMBRASEMENT

Je sus une fois la nuit tombée quel atterrant spectacle ils donnèrent ce soir-là. Et plusieurs mois s'écouleraient sûrement avant que je ne pusse – si cela fût jamais possible – donner à l'effrayante *représentation* dont Elsie fut témoin une concluante interprétation.

*

Ils se tenaient à quelques mètres l'un de l'autre, séparés par les conduits juxtaposés du fusil qui scrutaient l'orbe noir de leur cible en roulant de gros yeux strabiques à travers la pièce.

Du haut de sa chaire – son épouvantable verticalité maintenant en joue l'ombre chinoise de Storvean aussi dangereusement que l'âme braquée des canons qu'elle lui opposait –, Warroc regardait danser les longs tubes d'acier ; il ne parlait pas, ne bougeait pas, mais restait étrangement vivant, semblant goûter également la tombée du jour et les détours d'une ultime confrontation dont son œil suivait avec une perverse délectation les turpitudes sur son vis-à-vis, n'incarnant plus que pour lui cette parenthèse surannée où leurs regards – fixés par la même passion – tendirent vers celle que son verbe seul sut plus tard relever du mobile oubli des eaux.

Trempé de sueur, indécis, assourdi par les cuivres dont il dut souhaiter que le tumulte couvrît celui du fait qu'il avait jusqu'au bout occulté, Storvean l'observait siéger devant sa curie fantôme, souverain régnant des textes, hiérarque déliant d'un trait ajusté l'infante que sa mélancolie avait vouée aux marbres tombaux.

Se cherchant une contenance, il rechigna une minute encore, et voyant les têtes de l'Hydre se séparer enfin sous ses yeux, comprit alors, par-delà les effets ravageurs de l'âge, par-dessus l'effondrement du soleil qui gorgeait ce cabinet encanaillé d'ombreux mensonges, qu'il n'avait jamais affronté qu'un seul monstre.

*

Sans un bruit, espérant peut-être encore contrarier un enchaînement qui verrait forcément l'un d'eux *céder sa place*, ils se dévisagèrent un court instant, puis, d'une voix semblant à regret sortie des bois où elle errait, Storvean parla.

Restituant de mémoire un fragment de dialogue qu'il cita comme on adresse à la foudre un reproche hébété, il dit sa peur et sa blessure – et dans cette blessure, non encore consumée, non corrompue par l'art, non affectée par la cure, il y avait toute l'amertume, l'inquiétude et l'envie qu'inspire un rival *distingué* :

« Dès qu'il m'arrive de croire que je tiens quelque chose de neuf : un corps, une *matière* dont la possession tuerait en moi l'imposteur pour engendrer un être pur, un "*je*" porté par un désir qui ne se gélifierait plus au frottement têtu du moindre obstacle… »

Un vertige l'arrêta net.

Ses yeux parurent s'égarer, sa bouche se tordre. Il hésitait ; balançait absurdement sa tête d'une épaule à l'autre, cherchait ses mots. Depuis combien de temps attendait-il de pouvoir les lui renvoyer ? Mais Warroc, outré, sans doute, qu'il pût seulement s'arroger le droit de *l'interpréter*, acheva lui-même sa phrase :

« … un *Autre*, éternel éclaireur de cette infernale cohorte à *piques*, vient piétiner mes plates-bandes et jeter sur moi son regard de cloître dans le noir bassin duquel colloquent ses murènes. »

*

Comment put-il à ce point nier l'évidence ? Saisir qu'il en était l'unique dédicataire l'eût-il vraiment empêché de considérer son œuvre pour ce qu'elle était : la somme cryptée d'une longue correspondance privée, le prolongement cauchemardé d'une conversation qu'ils avaient interrompue après qu'il décida – par peur de ce qu'il *dût* entendre, par peur aussi de comparaisons qu'il sût probablement ne plus pouvoir soutenir – d'y mettre un terme ? Aucun de ses proches ne l'eût sérieusement soutenu. Avais-je moi-même fait autre chose qu'en écarter le pressentiment d'un simple revers de main ? Tout cela était si vieux, prenait dans le silence revenu un tel accent de dérision. À quoi rimait cette scène ? Jusqu'où fallait-il se perdre pour trouver une origine à cette rancœur damasquinée ?

En rencontrant Storvean, Pierre découvrit *hors du rang* une liberté de ton, une violence iconoclaste, un tourbillon balayant les langueurs universitaires, un substitut plaisant aux tristesses hormonales d'une jeunesse incroyablement dupe, qui semblait perdre au front consternant des travaux dirigés une bonne partie de ses *à-voir*.

Une détermination sensuelle semblait avoir scellé le destin littéraire de cette figure dont l'appétit élongeait l'insomnie, la rendait contagieuse, délitait jusqu'à l'idée du sommeil – congé stérile d'une mémoire (chez Pierre toujours plus éparse, et faillible) qu'il mobilisait à loisir, évoquant avec un art consommé les textes qu'il choisissait de défendre, montrant en la matière une éloquence qu'on eût seulement trouvée dans ces loges d'auteurs manqués où s'inventaient les plus grands critiques. Tour à tour séditieuse, bohème, intransigeante, sa pensée couronnait les illusions ; ses analyses acérées le rendaient inaccessible aux succès d'auteurs qu'il méprisait, le portant volontiers vers les tirages confidentiels (et pour beaucoup par trop *systématiques*) de récits complexes où – confinant aux mystères de quelque funambule architecture – la symbolique du plan bridait l'expression d'une émotion soumise à la logique répressive d'un pur édifice intellectuel.

Tout ce qui avait fini par nous irriter, cette sensation qu'il donnait, chaque fois qu'il nous quittait ou tardait à répondre à nos messages, d'être soudain rappelé par les hauts monts de l'art vers des sommets d'où nous fussions nécessairement absents – faisant accroire que rien des privilèges dont nous imaginions alors disposer n'avait sérieusement existé – subjuguait Pierre. Il l'écoutait chuchoter d'innommables rêveries à l'oreille de femmes qu'aimantait son ironie frondeuse, et qu'il maintenait éprises au bord des mers, remettant leur désir et la possibilité de leur fréquentation à la seule fatalité amoureuse. Il n'y avait pas jusqu'aux défis sportifs les plus saugrenus – lancés à un corps dont les épaules découplées ainsi qu'une vergue au vent arrière symbolisaient l'orgueilleuse et nonchalante séduction – qui le soudât à Storvean. Sans conteste (ne fut l'indiscutable nouveauté d'une œuvre ennuageant d'inconvenables longueurs les concisions stipendiées du Ciel syntaxique) devait-il à notre hôte ce qu'il était devenu. À ces années, du moins, où l'horripilante sagacité de Storvean, heurtant chez Pierre un certain sens maudit de la *perte de connaissance*, offusquait l'ombre inhibante des pages qui serraient là leurs mots intacts sur les tablettes de Beg-ar-Coat.

Pourvoyant un automne encore aux grandes défaillances des Laudes, l'exaspération de leur rivalité finit par battre en brèche ses derniers scrupules ; et dans l'espace éternellement couvé par la lampe sous laquelle Storvean laissait ses nixes monter en brunes lames gaufrées à l'assaut du papier, Pierre, suivant la traîne phrasée d'une littérature filant de nulle part en pure perte vers une extinction convenable, conçut à son tour d'encombrer de bâtardes l'enfer des bibliothèques.

La mort d'Hermine – fétiche hanté de ce que Storvean n'avait su saisir à temps : sa vie, sa jouissance et son talent – fut l'*ultima ratio* de leur duel dispendieux. Exacerbés par la perte, l'aigreur progressive de leurs rapports, l'isolement toujours plus grand de Storvean et la stupidité d'une jalousie fondée sur l'asymétrie de leur remords amenèrent bientôt Pierre à ne plus consacrer son temps à autre chose qu'à l'encre dont son mentor – au profit de « *Warroc* » – se vidait déjà comme de son sang.

*

Se mirant dans leurs feux noirs, Storvean aborda ses premiers textes sans le moindre recul onirique ; comme un vaisseau cède à l'onde irrépressible qui le pousse à la côte, il s'abandonna vite à l'horreur circulaire d'un temps qu'ils résumaient à un simple bégaiement, et suivit obligeamment ses avatars sur les décombres fiévreux des plaisirs qu'ils avaient essoufflés. En plus de le tenir prisonnier d'une histoire qu'il croyait toujours la sienne, les romans de Warroc – émaillés de moments simples, visqueux, et étonnamment statiques – satisfaisaient d'après lui tous les critères du style qu'aurait déserté *« l'esprit d'époque »*, et qui répondant à ce que la textualité dût exemplairement prodiguer, l'eût *« définitivement affranchi du désir d'affubler de mots l'impénitence des sens »*. Et s'il faisait mine de succomber aux tentations de l'équivoque, aux afféteries du *conditionnel passé*, à celles d'une langue nouvelle, ou pis encore, au rappel libérateur de ses propres *traits*, les prévenus de Warroc – égrenant leur cortège schizoïde de couples en fuite, de parias des îles et d'antihéros engoncés dans leurs os étroits – revenaient le tourmenter, fissurant ses défenses, gâchant sous l'œil espion des cimaises son sommeil d'ermite, alourdissant de leur insupportable connivence littéraire le poids de la pierre qu'il roulait depuis trente ans.

L'échouage du romancier sur Kernic sanctionna leur destin. Car sa présence sur l'île dont le voisinage flamboyant ranimait continuellement la brûlure ailée d'un impossible exil, sa *mainmise* sur les rochers défiant chaque jour les drapeaux en berne de Beg-ar-Coat finit par constituer pour Storvean le mobile absolu. Ce fut comme si d'antiques stridences eussent soudain réveillé la créature sinueuse qui sommeillait en lui, la tirant hors du gouffre qu'il pensait avoir méthodiquement obturé. Cherchant à en fuir les sifflements, il s'efforça d'abord de reléguer ses crochets derrière les *triskells* du manoir, sans voir que la bête – mussée dans ses ornements – les avait sitôt plantés dans son cou trop prêt à consentir.

*

Une lumière déplaisante ocrait à présent leur théâtre glacé. Sur l'estrade où les ombres déclives du crépuscule s'épaississaient, on eût dit la mort pressée d'ordonner ses troupes.

Stupéfiée par l'interminable épreuve de force à laquelle leur propre effroi la soumettait, Elsie se tenait voluptueusement cabrée sous l'auvent du soir naissant, hissée par mes mains exsangues qui la maintenaient sur le pivot frissonnant des roches millénaires. Je ne respirais plus ; faiblissant, épuisé par la tension nerveuse des dernières heures, je me sentais au bord de l'écroulement lorsqu'un bruit mat, suivi de l'atroce libération d'un coup de feu, rejeta Elsie dans mes bras, comblée de drame, indiciblement belle, et pâle, autant qu'un rayon de lune tombé des archipels sidéraux sur l'étendue livide des packs.

*

Il ne s'était rien passé ; s'écartant doucement de l'œil du cratère, Storvean avait simplement trébuché, et l'arme en tombant avec lui contre le sol marbré du sanctuaire avait déchargé les secrets froissés de sa poudre sur le mur opposé.

Il se releva lentement.

Une infinie stupéfaction parut un instant le maintenir droit comme un tremble dans l'enfer irréversible de cette pièce qu'une lumière beurrée recouvrait d'une patine de meurtre. À deux reprises il observa par la fenêtre l'horizon nuptial qu'il avait saccagé, mendiant l'air telle une carpe au bord d'un étang, les yeux abominablement ouverts, qu'on eût dits arrêtés sur la présence irréelle de quelque immense et terrifiant objet. Là-dessus, le poids de sa tombe sur les épaules, il tressaillit horriblement. Son visage cramoisi semblait celui d'un moine habité par des voix. Vieilli, le dos voûté, les traits creusés par on ne sait quelle insane exaltation, il effectua ensuite un demi-tour sur lui-même, parut osciller une seconde, puis s'enfuit en silence vers la mer qui par d'effervescents à-coups reprenait aux saillies arabesques des courlis et aux armures cliquetantes des ramasse-grèves les pans qu'elle leur avait courtement alloués.

On entendit ses pas heurter les couches inertes de l'atmosphère à une vitesse insensée. Nous reprîmes rapidement nos esprits, et laissant Warroc – auquel une inexprimable détente animale, une sorte d'effroyable paix intérieure, charnelle, exclusive et satisfaite, paraissait recomposer un masque d'assurance assassine –, partîmes en courant à la recherche de Storvean.

*

Retourner à Beg-ar-Coat lui fût sûrement apparu d'un ridicule auquel il ne se serait donné en aucun cas. Non, ce qui s'était passé là-haut constituant justement ce dont il ne saurait y avoir de *passe*, il partirait. Et c'était pour tenter de rendre vie à sa vue bernée par le prestige des abîmes, à ses iris piquetés des visages languissants au milieu desquels il s'essayait à respirer, que nous dévalions à présent les pentes de l'île, frayant à travers la brande semée de pierres pensantes un chemin qui nous permît à temps de couper sa retraite.

La falaise nous arrêta.

Bloqués en surplomb de l'anse où il mouillait, en nage, exténués, nous ne pûmes qu'assister, vaincus, à l'appareillage du *Narcisse* qui s'éloignait à grands bruits de chaîne raclée vers les leurres alizés du large.

*

Faseyant insensiblement dans l'émolliente langueur de leur *rhumb*, ses voiles de cercueil parurent d'abord dériver vers d'étranges continents de nuages bleuâtres et lenticulaires. Puis, sans le moindre frémissement, comme si l'homme désinvesti dont nous avions partagé les dernières heures de lucidité voulût à sa barre franchir librement l'orée des mers qu'il avait reniées, le navire, étirant sur les flots son sillage mort-né, orienta d'un coup ses barres de flèches vers l'anneau croulant du soleil.

Quelque chose d'une surnaturelle *répétition* semblait à l'œuvre dans la soustraction programmée de ce mât glissant avec une aisance de sorcellerie vers l'astre écarlate que de petites vagues de jade s'enhardissaient à rogner. Cependant – certains de pouvoir le suivre jusqu'aux courbes confins de la Terre où nous l'aurions vu docilement disparaître derrière la paupière enflammée qu'il lui tardait d'atteindre – nous ne comprîmes pas tout de suite ce qui se produisait : tous les bateaux quittant la baie passaient ordinairement au sud des marques délimitant l'ombrageux empire des Roches jaunes, or, si orthodoxe que pût d'abord nous apparaître son cap, il nous fut vite impossible de ne pas inférer des dixièmes qu'il gagnait sur le vent que le *Narcisse* en eût sous peu violé la frontière.

Nous n'eûmes pas longtemps à attendre.

Marchant d'un rythme égal, il ne fallut qu'une quinzaine de minutes au voilier pour en doubler les cardinales et livrer ses flancs aux vaux irascibles du plateau – dont les eaux cabossées allaient sans somme, blanchissant, enflant et s'écoulant au fond des gorges mouvantes comme au plus profond d'un rêve.

Immédiatement on le vit à la peine, secoué de quintes, tanguant à la surface de cette instable éternité sculptée de rides givrantes, confetti versé à la goinfrerie des hauts-fonds dont la gueule blanche brouillée d'épaves paraissait claquer des mâchoires pour mieux gober sa proie. Âme voilée flottant douloureusement sur l'existence, on le voyait tantôt plonger foc en ralingue dans la bave agitée du clapot, puis remonter tout écumant au sommet d'un mamelon qui le maintenait en équilibre… avant de briser à nouveau, projetant sa dent de narval dans les avens que les lames sarrasines évidaient indolemment au-dessus des roches charognardes. Mais comme nous l'observions avec une extatique fascination chuter et se redresser alternativement, une secousse plus forte que les précédentes l'empêcha de reparaître.

Son office accompli, la mer le rendit à nos yeux, tendu à se rompre, proue noyée, poupe en l'air, affreusement immobile – ses lignes de vie pareilles aux vaisseaux bombés d'une nuque appelant le coup de grâce. Sidérés par cette agonie sans conclusion, nous vivions appendus à la hache inspirée des vagues sous laquelle nous espérions voir le *sloop* rapidement succomber, quand en un formidable mouvement de balancier, son beaupré – un moment camouflé par la dépression qui l'avait englouti – parut brusquement remonter des ténèbres pour éperonner le disque solaire.

Aussitôt nous crûmes voir des girandoles de flammes libres et nues fuser à la pomme du mât, se lover brièvement en spires éblouissantes, puis retomber en escarboucles sur le *roof* – promettant les ridoirs à l'éclatement de ces os que *la robe* livrait jadis aux sarcasmes inquisitoires de leurs sévères sœurs d'assise. Enfin, coulant à l'horizon, indistincte tache noire, morceau de charbon sinistrement brassé, corpuscule gigotant, brûlé, minuscule, il quitta notre champ de vision.

On eût dit que tout ce qu'il avait tu au cours de son existence détournée – nourrissant avec le consommable ordinaire du mensonge et des hésitations son insatiable four à compromissions – venait de s'exprimer dans la moire éphémère du bûcher auquel il s'était donné, confiant aux stratus vaguant vers les limbes incendiés du ponant le soin d'escorter sa barque jusqu'aux insulaires hospices des fées.

*

Dans un ultime redéploiement du crépuscule, il avait disparu, et nous l'avions manqué – tous – comme on manque le flot. Les premiers feux s'allumèrent au large. Une paix de ville assiégée par les sables régnait sur la baie. Vide et vaste, nous regardions l'horizon, cherchant au ciel ce clair des astres dont le mouvement alenti froissait avec délices la soie fragile d'un passé que notre étreinte niait, dispersait en cendres volages, comme les coups sourds de la mer dans les creux invisibles des roches affouillées, comme la noirceur invétérée du monde ancien qui jetait là ses derniers vestiges dans l'infinie mobilité des failles, des signes, et du vent.

Composition : IGS-CP
à L'Isle-d'Espagnac (16).
Achevé d'imprimer
par l'Imprimerie Floch
à Mayenne, en février 2021.
Dépôt légal : février 2021.
Numéro d'imprimeur : 97779.

ISBN : 978-2-07-292677-8 / Imprimé en France.

374771